獻給約書亞・亞當・杜多爾

他領頭我追隨

目錄

我們看到閃電，可是，那是槍；然後我們聽到雷響，可是，那是大管槍；然後我們聽到雨珠落下，可是，那是血滴；然後我們收割，可是，收刈的卻是死去的男人。

——哈莉特・塔布曼[1]

我們盛年時的年輕人過著罪犯生活。
雖說不合邏輯，我們踉蹌走過試煉時光。
盲目活著：上帝，請拯救我的受困靈魂。
為什麼我的死黨都尚未成人就得死去？

——吐派克[2]〈給初生子的話〉

我站在一個小孩的
軀體上，不管那是我的
還是我已逝弟弟的，然後
竭力向遠方吶喊，我無法離開這個地方，因為
對我來說這是一個最珍愛也最毀敗，
最接近生命奧義的
已逝性命所在：於此
我必須立足堅守

——〈復活節清晨〉，A.R.阿門斯[3]

1 哈莉特·塔布曼（Harriet Tubman）美國女黑奴，後來成為民權鬥士。

2 吐派克（Tupac Shakur），美國著名饒舌歌手。

3 A. R. 阿門斯（A. R. Ammons），美國詩人。此詩翻譯感謝陳儀芬指導。

序曲

每當老媽週末載我們從密西西比海岸區到紐奧良探視老爸，她會說「鎖上車門」。在他們離婚前最後一次分居，老爸搬去紐奧良，我們則繼續待在密西西比州德萊爾。老爸在新月城買的第一棟房子非常簡樸，只有一房，黃色油漆，鐵欄杆窗戶。那是一個叫做什羅斯柏里的黑人小社區，位於南邊，但是往上可延伸到北邊的堤道高架道路。房子北邊緊鄰有圍籬的工業區，南面則是車聲隆隆快速奔馳的高架州際道路。四個孩子中我最大，所以指揮我唯一的弟弟約書亞、兩個妹妹娜蕊莎和查琳，還有跟我們住了許多年的表弟艾爾登，拿出老爸的多餘床單與沙發靠墊，在地板上鋪成薄墊，才有足夠空間睡覺。我那對試圖復合卻終究失敗的父母睡在唯一的臥房。約書亞堅持屋內有鬼，因此當我們晚上躺在沒電視的起居室，看著窗戶鐵條的影子滑過牆壁，等著起變化，等著某個不該在那裡的東西突然動了。

約書亞說：「有人死在這屋子。」

我說：「你怎知？」

他說：「老爸講的。」

我說：「你只是想嚇唬我們。」我沒說的是：很有效。

那是八〇年代尾、九〇年代初，我還是密西西比一所聖公會私校的初中生，白人學生佔多數。我是小鎮女孩，同學也是鄉下人。他們說紐奧良是「謀殺之都」，轉述白人從後車廂卸下雜貨時被射殺的恐怖故事，說是黑幫入會儀式。談話中沒提及的是：這些無情暴力、不受人性禮義節制的幫派分子是黑人。有鑒於有種族歧視傾向的同學不在少數，我還真訝異他們沒說。他們提及黑人時都會偷瞄我。我是拿獎助金的學生，因為老媽給海岸區一些富有人家幫傭，靠著他們贊助學費，我才能進入這個學校。初中與高中時代，多數時候，全校只有我一個黑人女孩。每當我的同學提及黑人或者紐奧良，努力不看我卻忍不住時，我便瞪回去，並想到我認識的那些紐奧良年輕男人，我老爸的同父異母兄弟。

老爸的同父異母兄弟中，我最喜歡布奇叔叔。他跟兄弟一輩子待在我的同學最畏懼的地方。布奇叔叔最像我幾近一無所知、五十歲那年就中風過世的爺爺。布奇叔叔胸膛厚實像酒桶，笑起來眼睛瞇成線。天氣熱時，他會陪我們走過什羅斯柏里，走向高架通向天際的公路，到街角一個搖搖欲墜的長條屋，記憶中，它是醬紅色的。女屋主在後院賣冰棒。那些冰棒只能說是糖水，熱天裡，一下子便化光。前往她家後院的路上，布奇叔叔會一直講笑話，招來更多孩子，領著我們穿過熱到融化的瀝青路，就像個黑人街坊的吹笛人。當我們的冰棒在紙板盒融化成糖漿，當我跟約書亞舔完指頭與手臂上的甜水，布奇叔叔會陪我們在街上玩耍：躲避球、足球、籃球。足球打到我們的嘴角，又痛又腫，他便大笑到眼睛瞇成一分錢那麼薄。有時他會帶我們、老爸跟他的比特犬到高速路下的公園，在那裡，老爸的狗會鬥其他狗。大熱天裡，觀戰者與哄誘狗兒耍狠的男人都是黑人，跟狗兒一樣渾身油汗。約書亞和我總是畏縮站在布奇叔叔身旁，緊緊抓著他的前臂，頭頂車輛轟隆駛過，橋下狗兒撕咬。之後，狗兒身上淌血，大口喘氣，微笑。我跟約書亞這才放開手，很高興能離開這個陰影世界以及狗兒可能跳出戰鬥圈的恐怖威脅。

我說：「老爸才沒說，沒有人死在這裡啦。」

約書亞說：「有，他有。」

艾爾登說：「你吹牛。」

中學時，我雖無法把傳說中的紐奧良與現實兜起來，但是我知道那話必然有某些事實。因為九〇年代初期，當我的父母尚未離婚只是分居，多年婚姻還讓他們可以輕鬆相處，我們去探望老爸時，他們會在車前座聊槍擊、鬥毆、謀殺。他們給紐奧良的暴力許多名字，我們前去拜訪時卻一次也沒見過。在父親住處，夜無盡延伸，屋外是工業區圍籬的鐵鍊鏗鏘，耳裡是約書亞的鬼故事。

儘管如此，我們知道另一個紐奧良存在。我們爬上老媽的車子，駛過散布此城的紅磚國宅便能瞧見。那些兩層樓房的鑄鐵門廊垮塌、建築兩旁巨大老樹如哨兵站崗，女人打著手勢摸著腦袋，瘦小的黑膚孩子在破碎的人行道上玩耍，開心，憤怒，愀然不樂。我看著車窗外的街頭年輕男子。垮褲男人湊頭低語，鑽進街角的「窮小子炸蝦炸蠔三明治」店。我想著他們在聊什麼？他們是誰？過什麼樣的生活？會是殺人犯嗎？因此睡在老爸的起居室，我又問約書亞。

「老爸怎麼說的？」

約書亞說：「某人被槍殺。」

我說：「什麼某人？」

他瞪著天花板說：「一個男人。」查琳整個鑽到我身側。

娜蕊莎說：「閉嘴。」艾爾登嘆氣。

每個星期日離開父親家回德萊爾的家，我覺得難過。我想大家都很難過，就連老媽也是，儘管兩地的距離加上多年的出軌不忠，她還是很想保住這個婚姻。她甚至考慮搬去她討厭的紐奧良。我想念老爸，不想星期一回去密西西比的學校，穿過玻璃門，走向日光燈照明的寬敞教室，看到老舊的課桌，看到踞坐在書桌上、穿著翻領襯衫、卡其短褲、兩腿叉開、眼線亮藍的同學。我不想她們在那兒非議黑人時突然看到我，我得被迫轉移視線，才不被發現我在觀察她們，研究她們那種「理所當然」為何只像身上的另一件衣裳。回家路上我們會經過紐奧良東部、野林島泥淖河口、灰濛呢喃的龐丘特蘭湖、斯萊德爾的告示牌與小型商場進入密西西比。我們轉I－10州際公路經過松樹圍籬的斯坦尼斯太空中心、聖路易斯灣、鑽石頭山到達德萊爾。一旦抵達那裡，我們便離開漫長且坑坑窪窪的公路，穿過杜邦（它也跟斯坦尼斯太空中心一樣被松樹籬密密圍住），穿過鐵軌，穿過蓋在小田野、小沙地的小木屋，叢叢樹木形成一塊塊遮蔭地，馬兒在此嚼草乘涼，山羊啃咬圍籬柱子。

我們家族全來自德萊爾與基督徒隘口鎮，和紐奧良大大不同。基督徒隘口鎮坐落於墨西哥灣的人造海灘旁，與長灘為鄰，背對聖路易斯灣，而德萊爾則擁抱聖路易斯灣背部，朝北部擴展，越往北地形越狹長。酷熱難耐的夏日，這兩個城鎮的街道昏昏欲睡，冬季多數時間溫度徘徊在冰凍程度，兩鎮也同樣昏睡。德萊爾的夏天，有時群眾會在週日聚集公園，因為年輕人會出來打球，座車大聲放送音樂。春日，上年紀的人會聚集當地棒球場，因為南部黑人聯盟的球隊都到這兒比賽。萬聖節時，孩童還是會步行或者坐在皮卡的車斗，沿街挨戶討糖吃。諸聖節時，親人會拎著尼龍與帆布摺疊椅，圍聚已逝摯愛的墳前，清潔墓碑與墓前沙地，擺設菊花盆景，分享食物，一直聊到天黑，升起篝火，揮走秋日最後的蚊蟲。這可不是謀殺之都。

德萊爾的多數黑人家庭世代定居於此，大多住在自己建造的房舍，我家也是。這些小型長條屋與A型框架屋都是每隔一陣子大批建造，最老的那批在三〇年代，曾祖輩蓋的，再來是五〇年代祖輩蓋的，七〇與八〇年代那批則是我們父母聘建商蓋的。樸實普通的房舍如我家通常是兩房或三房，砂礫或泥土車道，屋後有兔籠與斯卡珀農葡萄園。我們是貧窮但驕傲的勞工階級。德萊爾完全沒有社會屋（social housing），卡崔娜颶風之前，基督徒隘口鎮的國宅也不過是幾棟小型雙拼磚房，以及幾個小區的透天厝，裡面住了黑人與一些越南裔。現在卡崔娜過去七年了，開發商在這些十五到二十呎、原本是公屋的長條地蓋起兩房、三房的屋舍，沒多久，裡面便住滿至今仍因颶風流離失所的人，以及選擇留在基督徒隘口鎮、德萊爾家鄉的年輕人。這種願望曾經多年不可得，因為卡崔娜颶風摧毀了基督徒隘口鎮多數房舍，德萊爾泥淖河口區十分之一房子都毀了。對我來說，成年後回鄉過活因此十分困難，具體理由之外還有抽象原因。

就像我們小時追逐幽靈時約書亞說的：有人死在這兒。

從二〇〇〇年到二〇〇四年，我共有五位童年玩伴死掉，看似毫無關連，全是年輕黑人，全是暴力死亡。第一個是我的弟弟約書亞，死於二〇〇〇年十月。第二個是朗諾德，死於二〇〇二年十二月。第三個是C. J.，死於二〇〇四年一月。第四個是戴蒙，同年二月。最後是那年六月羅傑也死了。這是個殘酷的名單，連續，無情。這也是個令人緘默的名單，我就沉默許久。說「困難」簡直輕描淡寫，訴說這個故事是畢生至難之事。但是我無法忘記屬於我的幽靈一度是人。我無法忘懷卡崔娜颶風過後，德萊爾的街頭是多麼冷清，因死亡而又更顯空曠。公園不再傳出約書亞與朋友們的汽車音響聲，我聽見的聲音只有一隻受虐鸚鵡響徹鄰里的尖叫，像受傷幼兒在哭號，那是我一個表親養的，關在小到不行的鳥籠，鳥冠幾乎頂到籠子，尾巴掃過籠底。有時當那隻鸚鵡尖叫釋放憤怒與哀傷，我詫異鄰居們的靜默。我不明白為何以沉默概括了我們累積的哀傷與憤怒。我認為這不對，這個故事必須發聲。

約書亞說，我告訴妳：這兒有鬼。

因為這是我的故事，也是那些逝去男子的故事；是我的家族故事，也是我們的社群故事，因而故事也非線型敘述。講述它，我必須敘述這個城鎮的故事、屬於我的社群歷史。我必須重訪逝去的五位男子：跟隨他們回到過去，從羅傑的死亡到戴蒙到C. J.到朗諾德到我的弟弟。同時間，我的敘述必須快轉，因此在我的朋友與兄弟仍活著、仍在說話呼吸的寥寥篇章裡，我必須穿插我的家庭故事以及我的成長過程。我盼望藉由了解我們以及族群的生活，能讓我直抵核心，盼著當我踏出步伐跋涉過去，從現刻回溯既往，我能在中間碰上我弟弟的死亡，進而對這個死亡瘟疫的產生略知一二，了解種族歧視的歷史、經濟的不平等、個人與社群的責任感鬆懈是如何在此地逐漸滋生、擴散，變成苦澀不堪。我也盼著因此明白為何弟弟死了，我卻活著，這個狗屎腐臭故事又為何成為我的負擔。

我們可是在狼城

從前從前——一九七七

照片裡，我雙親家族的祖先有些膚色淡到像白人，有些黑到嘴鼻線條在黑白照片裡看起來像銀色。女的穿純白長袖襯衫，塞在黑色裙子裡；男的穿低調的棉襯衫，塞在寬鬆長褲裡。一律是戶外照，但是背景模糊到樹影如煙霧，沒人笑。朵拉絲外婆講了他們的故事，有的來自海地，有的是巧克陶族人，他們講法語，來自紐奧良或者不知名的其他所在，尋找農地與空間，相中這兒。

德萊爾城是依一位法國屯墾者命名，早期的屯墾者叫它「狼城」。松樹、橡樹與赤桉樹從城北糾纏到城南，蔓延到德萊爾泥淖河口。流速緩慢的棕色狼河蜿蜒穿過狼城，分支出去的小溪深入田野，最後傾入泥淖河口。人們問我家鄉，我說在它尚未被馴服屯墾前依狼命名。我想為它的狂野原始與草創野蠻賦予某種意義，叫它

「狼城」暗示野性是它的核心。

我想告訴他們，但是沒說：我看過狐狸，紅色毛皮骨架細小，沿著溝渠奔跑，而後溜入林內。但是那晚我看到的東西不尋常。我與朋友驅車經過德萊爾未開發區，林木狂亂糾纏處，有人闢出一條道路，希望能開出一塊建地，但是道路戛然而止。那東西從林裡跳到我們車前，我們吃驚大叫，牠瞪視我們，又跳回黑暗。牠很黑，墨如煙，有著漂亮的長嘴鼻，安靜無聲。牠的表情好像我們是入侵者。後來，我們轉向車輛較多的路，離開這個貌似此路不通卻生機處處的地方，離開這個原初誕生地：狼城。

但是我口才不好，也就沒說了，就只是笑。

此地多數人有親戚關係，「黑」人間彼此會談哪家跟哪家血脈相連，同鍋吃飯。「白」人間也會說這些。但是黑人與白人不談為何我們膚色不同卻有相同姓氏。我們深知社群的血脈深深串連，以致二十世紀初期，德萊爾的成人會安排阿拉巴馬州、路易斯安那州的混血社群相親，擴大基因庫。相親有時成功，有時不成。有時年輕人找到比較「近」的伴侶，表親之類的，換言之，禁忌關係。

朵拉絲外婆記得年幼時，她的父母瑪麗與哈利還沒生下十二個小孩前，她曾搭父親的車拜訪德萊爾北邊的親戚。哈利的爸爸膚色深棕，媽媽則怎麼看都是白人，而她的姊妹住在更北邊的白人社區裡。哈利的小孩膚色從肉桂、荳蔻到香草都有。去北邊探親時，孩子們都擠在車子的掀蓋後座裡，一路蓋著毯子穿越悶熱白亮的密西西比原野。哈利夠白，足以被誤認是白人。到了目的地後，孩子在屋內玩耍，太陽開始下沉，哈利的阿姨就說：「你們該上路了。」沒說出口的是：待在這裡不安全。有三K黨。晚上在路上別被逮住。所以，外婆跟她的手足就再度彎曲小小的身體，躲進悶熱的毯子裡。看似白人的哈利與他的真白人母親就一路開回德萊爾，回到那個多數人口說著克里奧爾語（Creole）、種族混雜、他們稱之為家的地方。

我媽的父系家族也有類似故事。老媽的祖父是小亞當，曾祖父老亞當，根據我媽手上的一張照片，老亞當看起來幾乎像白人。事實上，老亞當是白人與北美印第安人混血。他的父親約瑟夫．杜多爾是白人，來自富有的杜多爾白人家族，擁有德萊爾某些最美的地，位於泥淖河口的凹處，妝點著美麗到令人屏息的大橡樹。夕陽落在沼澤綠草與河水後面，幻化而成的優雅景觀經常糾纏著我的鄉愁夢。這位白人愛上他的印第安人管家，發展出情感關係，家人發現後，將約瑟夫逐出家族。約瑟夫與黛西婚後生下媽媽的曾祖父。母親告訴我，約瑟夫與黛西開了一家百貨店，白人血統約瑟夫後來死於店鋪搶劫槍擊，有著印第安血統的黛西幾年後也因疾病追隨他於地下。

我母親的外曾祖父傑若米也非常有錢。傳言他老婆的家族來自海地，他自己是原住民。當他明白白人政府不會教育他的兒孫，便在自家土地蓋了一所只有一間教室的學校，聘了一名老師。有時他會待在廣達數畝的產業上照顧他的蒸餾鍋，禁酒時代，那是我們黑人社群常見的消遣。一天，他跟女婿哈利正在釀酒，稅務官找上門。我想像這些白人穿著白襯衫深色長褲，頭髮細長汗濕，滑溜手上的槍枝冰冷。哈利拔腿逃了，後來成為把小孩藏在毯子下走訪白人親戚的人，但是傑若米死於槍口。稅務官就讓他躺在綠意森林裡與破碎蒸餾鍋為伴，變冷變冰。哈利告知後，家人才進林子找回他的屍體。

◆◆◆◆◆

至於老爸這邊，我的祖父叫大傑瑞，他與手足、母親愛琳住在聖史蒂芬教堂對面的一棟深灰藍的方形小屋裡。大傑瑞在聖史蒂芬路有幾畝地，老爸年輕時，田裡種了玉米與穀物，還養馬。

我的外祖父小亞當也住在小房子，位於北邊與聖史蒂芬路平行的小路尾端。聖史蒂芬北邊有個小丘，除非你馱重物或者騎腳踏車，否則難以感覺徐緩的坡度。從聖史蒂芬出來沿著此坡攀爬的路恰如其分叫「山丘路」。從山丘路分岔出來成的小路阿爾卑斯則呈直角轉彎，僅供一輛車通行。小亞當的爸爸老亞當在這條路底有一棟狹長房子，保養良好，樸實無華，灰色。老亞當的太太薇絲特就住在這裡，是我的外曾奶奶。

這兩位曾奶奶都是橄欖膚色，頭髮灰黑混雜像胡椒鹽，都有濃重的克里奧爾法語口音。我最常跟老爸一起拜訪曾奶奶愛琳，但是從未見過她的丈夫，老爸說他涉入口角被槍殺，死時還很年輕。愛琳曾奶奶嗓門大而強，跟老爸一樣風趣，一整個下午坐在前廊看著鄰居來去，車子開得好，上了年紀還是能緩慢駕駛。我們去拜訪時，她會坐在前廊臺階講年輕時代的故事，譬如她跟手足扯下橡樹上的西班牙苔填塞床墊。那時他們都很吃苦耐勞，習慣長時間拔草、耕作與採收，還要照顧家畜。薇絲特呢，絕不會跟我們一起坐在臺階，她有點講究，保守了些，但是我們可以跟她坐在陰暗前廊的涼快處，吃蛋糕聽大人閒聊。她會說死去老公的故事，譬如老亞當死後曾造訪過她一次，那時她正躺在床上，他站在門口對她說話。她嚇壞了，麻痺無法動彈。我從未見過她的先生老亞當，不管是本人還是鬼魂。薇絲特曾奶奶常講他的事，卻隻字不提越戰時誤觸地雷而亡的兒子艾爾登。

我的家族史四處可見男性的屍體。未亡女人的至痛召喚他們跨過冥界，化現為鬼魂。死亡讓他們超脫我既愛又恨的此地情境，變成超自然。有時我想到這些早亡的家族世代男性，覺得德萊爾就是狼。

我喜歡想像我的父母在兩家的中間地帶相識，可能是在相隔兩家的大林子某處，又或許在聖史蒂芬路邂逅的，那時它還只是紅色硬土路。我想像他們都打赤腳，相遇於五〇年代末。老爸會瞧見一個骨架嬌小細瘦的女孩，橄欖膚色，鼻梁狹窄，深棕色卷髮乖乖貼在頭上。她可能笑了，勻稱的美麗臉蛋整個燦放。她開心那天可以擺脫弟妹自由玩耍。因為外婆朵拉絲賣命工作供養全家，老媽必須擔起家務並照顧弟妹。老爸那時可能還看不出老媽的堅強，但的確在那兒。老媽則瞧見一個男孩膚如山核桃，漆黑頭髮平順往後梳，額頭短而寬，鼻子寬大顯眼，即便在那時，他的顴骨便像兩顆大石頭。他可能戴了眼罩。六歲時，老爸表哥的ＢＢ彈不小心射中他的左眼，眼睛逐漸萎縮變灰。過了許久才去開刀拿掉換上義眼，所以老爸幼時與青少年時代都戴眼罩。我的爸媽就跟所有小孩一樣，是地緣與歷史的產物，來自南方的密西西比與路易斯安那，兩邊家族都混合了非洲、法國、西班牙、原住民血統，調和成美國南方所謂的「黑」。儘管他們在彼此身上看到歷史的果實，卻不曾深思。

老媽應該會注意看老爸臉上的「死」眼，或許看到那顆乾灰大理石襯得他的臉蛋其他部位極端漂亮，老爸則會瞧著老媽細瘦的手腿，聯想到母鹿。道路兩旁的松樹高聳，遠遠延伸。首次見面，他們不會打招呼，老爸會把泥土踢進水溝，老媽會撿起石頭。他們有共同認識的童伴、親戚與友人。畢竟這是個小鎮，至今仍是。

一九六九年，老爸十三歲，老媽十一，卡蜜兒颶風襲擊，掃蕩一切，巨掌勢不可擋夷平景觀。我想像密西西比州南部人以為那是世界末日。卡蜜兒只是連串悲劇的先鋒，因為密西西比南方男兒（黑與白）戰死越南沙場，全美各地城市陷入暴動，教堂炸毀。十字架燃燒。自由巴士運動者[1]鼓勵大家登記為選民，密西西比的河流與泥淖河口就是積水墳場。黑人男女在海灘示威，因為禁止他們在那兒游泳與日光浴。警方與警犬則回報以攻擊。當五級颶風卡蜜兒降臨，受害者達兩百五十人，包

1 自由巴士運動者（freedom rider），美國民權運動期間，運動分子搭乘州際巴士，進入種族隔離區域集會，經常遭到逮捕或者暴力。

括在基督徒隘口鎮天主教堂避難的一家十三口都淹死了，大夥鐵定認定末日來了。受創的政府搭起「帳棚城市」庇護受難家庭。施樂絲汀祖母的房子被扯離地基，夷平整個基督徒隘口鎮的海水暴潮將它沖到他處，只好帶著我老爸與姑姑們住進帳棚。朵拉絲外婆的房子得以倖免，因為它坐落於德萊爾偏僻的夏諾，遠離泥淖河口，躲過暴潮。老媽娘家院子有自流水泉，提供了當時全鎮的用水。

颶風過後，政府也提供受災戶遷移他處的機會。老爸的家族接受機會，從基督徒隘口鎮搬到加州奧克蘭。數十年後搬遷重演，卡崔娜颶風肆虐密西西比的灣區海岸，政府不是提供受災戶就地重建所需工具，只給他們一個選擇：搬遷。逃走。當年老爸的家整個從地基拔起，他與手足、母親必須游到閣樓逃生，為了逃離這個記憶，他們遷移了。到了奧克蘭後，上學前的早餐還是黑豹黨成員提供的。夏天，他們開車回密西西比拜訪親戚。對所有人來說，被人連根拔起是種無情體驗。那些密西西比夏日，老爸會跟表親以及沾親帶故的家庭鬼混。我很確信有時還有我老媽。

老爸日漸強壯，胸膛肌肉結實到像是有條紋的貝殼。在灣區時，他學習功夫，第一個師父就教他如何光明磊落打架，亦即第一守則：直接打鼻子。老爸是天生好手，有一次在市區巴士上玩「賭徒三張牌」，遊戲走調，三個歹徒一哄而上，全被他打敗。他英俊迷人風趣幽默，魁梧又具藝術氣息，跟超多女孩約會。

某種程度，我的父母都太早扛起成人的責任，父親缺席的家庭必然如此。這一對在聖史蒂芬初識的孩子原本羞赧，逐漸長大，經歷青春期蛻變。施樂絲汀祖母和大傑瑞阿公離婚，獨自扶養小孩，因此拿老爸當大人，一家之主，平等的成年人。老爸是老二，好長一段時間，他都是家中唯一男性。有時他會叫我的祖母「媽媽」，有時叫她「夫人」，那是親暱的稱呼，代表平等對待者的深情。這也表示他可以自由探索奧克蘭與灣區、體驗毒品，以及偷雞摸狗。老爸雖是老二卻是兩個男孩中的哥哥，必須擔起父親角色，相同的，老媽在家裡也是母親分身。

但是老媽不像老爸那麼自由，性別差異使然。由於朵拉絲外婆必須打二到三份工才能養活七個小孩，白日裡得像男性一樣辛苦勞動，老媽便擔起了母親的角色，照顧所有小孩。朵拉絲外婆跟外公小亞當結婚幾年後就離婚，外公另娶她的朋友，所以，老媽不到十歲就得燒飯，前青春期到青春期都耗在準備多人份的麥片與小圓麵包早餐，晚上則煮紅豆米飯。老媽共有六個手足，最小的四個是男孩，當我的舅舅們打破老媽的家規，她便折院子裡的細樹枝抽他們。家裡的成堆衣裳都由她跟兩個妹妹清洗，掛在橫跨沼澤後院的曬衣繩上。

這讓老媽跟她的弟妹不同，她既是手足又不是。她的角色讓她寂寞又孤離，生性靦腆讓情況更糟。她討厭自己必須變得堅強，培養南方鄉村婦女不可少的耐力。

即便孩童階段，她都體會到其中的不公平。這讓她變得沉默退縮。直到青春期，她的弟妹已經無需她的時刻監督，她才有機會成為那個年紀的少女，開始約會，經常造訪教父開的一家小夜店，還辦過幾次派對，她的同儕至今仍津津樂道。

儘管如此，她還是感受到性別限制，無法擺脫南方鄉村與七〇年代，覺得德萊爾的幽靈從暗夜竄出，這隻狼將她拘困在母親家裡，那房子冬日無暖氣，夏日窒熱無風。高中畢業後她才鬆了一口氣，前往洛杉磯就讀，住在外公的親戚家。雖然這是良機，細微卻罕見，但是老爸的夢想在奧克蘭呼喚她。因此在洛杉磯讀了一個學期後，她便往北走，到灣區找老爸。老爸那時從奧克蘭寫信追求她，照片上的他富有魅力肌肉結實，是他返鄉密西西比探親時她見到的模樣。他們就這樣開始共同生活。

羅傑・艾瑞克・丹尼爾斯三世

生於：一九八一年三月五日
卒於：二〇〇四年六月三日

安娜堡灰沉沉的。天空永遠陰暗，像漂白的煤渣，儘管春天已至，樹木綻現鮮綠，還是冷。我剛結束兩年碩士學程的第一年，因為過敏慘極了，鼻水直流，只能用嘴呼吸。到密西根州生活之前，我從沒這樣嚴重過敏，嚴重到我覺得密州的景致怨恨我，好像我是它想從體內排出的異物。

二〇〇四年，我的表弟艾爾登飛到底特律協助我從密西根開車回密西西比度暑假。約書亞比艾爾登大一個月，我們一起長大，親如手足。現在我二十七歲，他二十四歲卻魁梧得像個表哥，足足高我七吋。他有一顆金牙，厚厚的貼頭玉米辮，每吋肌膚都透露著能幹善良。這趟路得開十四小時，他負責開第一段，我便垮在副駕座位上，瞪著眼前綿延數哩的高速公路、田野與告示牌，感激，憂慮。我當然希望再度好好呼吸，但這可是回家啊。以往，濃重的鄉愁代表回家是興奮又快慰的事，但是過去四年，這種期望轉成畏懼。當約書亞在二〇〇〇年十月過世，一直以來糾纏我家的悲劇似乎化現成德萊爾大狼，暗黑與哀傷的狼，而這巨物鐵了心要打擊我們。到了二〇〇四年夏天，我已經有三個朋友過世：朗諾德死於二〇〇二年冬天，C. J. 死於二〇〇四年一月，一個月後輪到戴蒙。朋友的接連死亡，每次都是沉重打擊，好像受到大狼追纏。這話，我沒跟艾爾登說，只說：「老表，我沒法呼吸，空氣的關係。」

艾爾登打開音響：饒舌歌曲。高速公路長程上，節拍重重打在我們身上。當我們停在俄亥俄州中部平原農地上廁所，喝可樂，找零嘴，我已經不用拿面紙擤鼻涕。穿過俄亥俄河抵達肯塔基州的綠色起伏山丘，我可以用鼻子呼吸了。艾爾登左手放在駕駛盤，右手放在扶手，重心穩定。

我則想著：希望今年夏天沒人死掉。

暑假，當我的同學留在安娜堡或者到阿拉斯加漁船工作、拜訪鱈魚角親戚，我總是回密西西比的家。寒假、春假也一樣。一九九五年到二〇〇〇年，我在史丹佛大學念學士時，暑假也都回家。因此二〇〇四年暑假，我重拾傳統。九五年，我離家就讀史丹佛，思鄉一直困擾我。有時我看到潦倒的男人，聯想起老爸，就會背著當時的男友暗暗啜泣。我會打電話給家鄉的朋友，懇求他們跟我長聊，好讓我聽到背景的聲音，盼著自己也在那兒。我夢見圍繞母親房子的林木，夢見它們被鏟平燒掉。我知道自己對家鄉又愛又恨，恨那兒的種族歧視、不公與貧窮，那是我離開的原因，但是我愛它。

返鄉探親，我住老媽家，那是白色A字型框架拖車房，單向兩排房，坐落在遠離公路、佔地一畝的農地後面。前院有南美紅櫟，種了杜鵑的小花園，點綴著冒頭的球莖。老媽非常自豪她的院子，辛勤培養，但是我們住在小山丘上，這代表春夏大雨一來，泥土就沖到山丘下的街道，只留下砂礫院子。那天夏天，約書亞已經死了四年，老媽把他的房間改成我七歲外甥杜尚的臥房。他是我大妹娜蕊莎的孩子。二十一歲的娜蕊莎住在密西西比州長灘的雙拼公寓。她在十三歲時生了杜尚，沒機會也沒做母親的成熟度，因此杜尚跟我老媽住，娜蕊莎週末才過來學著照顧他。我的小妹查琳十八歲，仍住在家裡。我從密西根返家幾天後，她才高中畢業。

當艾爾登跟我長途開車抵達家門，我從後門進入，踮腳走進查琳的房間爬上她的床。雖然我渾身淌著可口可樂氣味的汗臭，炸玉米粒香味已經稀薄到像絕望氣息，她並沒躲開我。我一手摟著她，臉貼著她的背。我們一樣高，體重相同，都是四肢修長、骨架瘦小，只不過她的屁股比我的還瘦，睫毛濃如約書亞、娜蕊莎。我離家讀大學時，她才十一歲，保留了我剪下的指甲、喝過的可樂玻璃瓶。她是我的寶貝小妹妹。我容許自己軟弱了一會兒。查琳可能真的在熟睡，也可能好心裝睡，因為我在她背後哭著，不穩定的氣息洩漏了我的啜泣，她可能害怕，也可能是如釋重負，總之由著我哭。我們就這樣開始了我們的夏天。

醒來，她沒提我哭的事。相反的，我們開車出去兜風。查琳有暈車的毛病，冷氣會讓她暈得更厲害。而我在密西根州的第一個冬日領略了冷酷冰雪，寒氣徹骨，也只想沐浴熱氣裡，所以我們搖下車窗，在高達攝氏三十八度的密西西比州熱氣中前進。我們沒事幹，先開到郡立公園，瞧見鞦韆懶洋洋垂盪，在豔陽下散發燒焦的輪胎味，籃網無風靜止，看臺空空。周遭景觀迴盪著痛苦與傷逝。我們很寂寞。

查琳說：「咱們去羅格家混一下。那兒總是一堆人，他也總是在家。」

羅格住在基督徒隘口鎮橡樹公園小區。居民多數是黑人，迷宮一樣的街道始於北邊的北街，止於南邊的第二街，離海灘跟墨西哥灣僅兩條長街距離。靠近北街的房子是密西西比南部小區的標準建築：磚房、一層、三臥，門口有一條水泥地做前廊。至於靠近第二街與海邊的房子，光憑氣味，不用眼看，也知道比北邊大。羅格跟他的媽媽菲莉絲（Phyllis）住在比較靠北邊的房子，大家管他老媽叫P太太。

羅格矮而瘦。棕色皮膚像松樹皮，留著玉米辮，衣服鬆垮到淹沒了整個人。他的眼睛永遠半瞇，臉蛋窄而長。大大的笑容明亮驚人。很常笑。

眾人簡稱羅格的老爸羅傑．艾瑞克．丹尼爾斯二世為喬克，二十八歲就死於心臟病，P太太是唯一的養家者，這代表羅格跟我們多數人一樣沒有爸爸，成長過程多數時間跟兩個姊姊或者同年齡小孩在一起，沒人監督，暑假更是如此。有一年國慶，他跟表兄弟們把鞭炮綁在一起，形成一串亞硫花束，點燃扔進信箱。信箱爆炸了。有人報警。警察到了後，跟他們說毀損郵件是聯邦刑事罪，把另外兩個孩子逮捕送進少年監獄。羅格因而得知那年頭的南方就是這樣處理黑人小孩的愚蠢惡作劇。他很幸運，沒被逮到。

羅格七年級時曾跟我的妹妹娜蕊莎交往，大約一星期。她不是在那時懷上我的外甥，不久之後就會。娜蕊莎九歲起就曲線玲瓏，長長的秀髮亮閃閃，臉頰跟胸口各有一顆痣，排列如鈕扣。爸媽早在娜蕊莎還是學步小娃時就認出美是她的詛咒，會說：如果我們要擔心提早抱孫，那鐵定是娜蕊莎。娜蕊莎不像我，她在初中時就廣受男孩歡迎交男友。她對羅格神魂顛倒，認為全中學就數他最可愛。他們在課堂上傳字條。羅格問：妳要跟我出去嗎？娜蕊莎回答：好。娜蕊莎穿約書亞借她的寬大T恤，搭配寬大短褲與網球鞋。一年後，葛夫波特的一個十九歲男孩讓她懷上孩子，那些約書亞借給她的大T恤遮住了日漸隆起的肚子到五個月大。

娜蕊莎與羅格的戀情只維持了一星期，她太男孩氣，短褲寬T什麼的，羅格就跟她分手。但他們一直是朋友。好幾年後，當娜蕊莎第一次搬入公寓，羅格來訪，進了門就摟住她問：「啥時要做我的女人呀？」微笑。

娜蕊莎開玩笑說：「你放棄了你的機會。」她的男友羅勃坐在沙發，嘴角一根黑雪茄，身旁一罐啤酒，也跟著笑。他的笑容非常誠懇、隨和，露出他總是辛勤擦洗打磨的金牙，在黑臉上閃閃發光。

羅格說：「噢，娜蕊莎，再給我一次機會。」

娜蕊莎說：「門都沒有。」

羅格的臥房陰暗：黑牆，暗色窗簾。牆上釘了架子，上面是他的模型汽車，鉻輪胎閃閃發亮，組合精細，連最小的細節都完美。音響裡則有吐派克、早年的「無限制」（No Limits）唱片公司出品和五號牢房男孩（Fifth Ward Boyz），後兩者都是紐奧良產品。另外有紐約市出身的卡姆隆（Cam'ron）和外交家樂團（Dipset）。羅格的牆上還掛畫，他是個好畫家。在密西西比鄉下，沒有水泥牆或者足夠擁簇的建築可以成為塗鴉的大畫布，多數孩子跟羅格一樣，他們的街頭藝術與署名風格（tag）多數發展自掛滿臥房的畫。羅格畫汽車與人。也嘗試藝術字。一幅畫上寫著ＯＰＴ[1]。另一幅是「惡棍生涯」（THUG LIFE）。還有一幅寫著「先笑，後哭」。

羅格十年級時輟學；此地年輕黑人輟學很常見。有時是被校方踢走，理由是適應不良，或者嚴重觸犯校規如販毒、騷擾其他學生，有的則被塞到教室最後一排，完全忽視。羅格就是坐最後一排，當他的表親演唱靈歌，拿老師的名字取代耶穌，他就在一旁表演節奏口技（beat-box）。他輟學上工，二〇〇〇年搬到洛杉磯跟親戚住。他愛死了。在修車廠上班，賺的錢遠比在家鄉多，還有他喜愛的都市生活：主題公園、溜冰場、海水蔚藍輕拍棕櫚樹海灘，家鄉呢，只有灰髒的墨西哥灣海水

1　ＯＰＴ應該是俚語裡的 Oriental People Time，東方人時間，意指「超快、非常快、馬上」。

拍打水泥與橡樹雜亂無章的人造海灘。

二〇〇一年，羅格返鄉探親，不知是出自對娜蕊莎的友善，還是憶起中學時代的短暫戀情，他跟我們一起混基督徒隘口鎮的狂歡節遊行。那時我已經大學畢業快一年找不到工作，還是買了一張機票從紐約返鄉參加狂歡節，這讓我的卡債更加嚴重。我不在乎。我必須回家，三天也好。我剛失去弟弟。每天睜眼都預期他還活著。在那個二月天，我不知道他會是連串死亡的第一個。天氣陰雨寒冷。我們都很安靜，羅格除外。他搖擺穿梭基督城隘口鎮與德萊爾的親友。合照裡他站在角落，脖子上掛了一大串紫、綠、金色珠鏈，好像回到一切正常的早年，我們大聲懇求父母讓我們戴上珠串一整天。我跟妹妹們躲在傘下，觀看擁擠群眾，無視劈啪掉落傘面的珠子。剛死了舅舅的三歲外甥抱著我的腿，迷惑於眼前的擁擠人群。我沉浸在龐大的憂傷裡，那天的閃亮彩色珠子、花車音樂，以及喜慶氣息都像鬧劇、侮辱。

那是我喪弟後參加的第一個狂歡節，是羅格以隨和的笑容安撫了約書亞已經不在的事實，他摟著我跟妹妹說：嗨。然後說：咋樣？

我不知道為什麼羅格會在二〇〇二年返鄉定居。想像中，他思鄉了，懷念基督徒隘口鎮綠樹成蔭的狹窄街道，零落散布的房子架高在十二呎樁柱上以防颶風與暴潮。或許他想念P太太、妹妹蕾雅、丹妮爾，以及散居於基督徒隘口鎮與德萊爾的龐大家族、表兄弟們。許多人離鄉便不再回來，被大城市吸引，那兒的權勢者不像南方人受文化束縛，有較多的工作機會。不過我聽過有人離鄉在外，度過五年、十年成人生涯，又搬回密西西比，說：「你永遠會回來。永遠會回家。」

二〇〇四年，艾爾登跟我開車從密西根返鄉，我跟查琳去找羅格混的第一晚，根本沒進他家。我們一行人把車子停在街上，一輛貼一輛。暮色像大團黑物撲下，街燈昏暗，相隔遙遠。蚊蟲圍著燈泡形成濛霧，讓街燈更暗，我們看起來就只是黑影，星星在夜空打瞌睡，像遙遠巨大的昆蟲。

男孩們把汽車音響的貝斯轉到最大聲，大家就坐在引擎蓋、皮卡車斗上隨著節拍扭動，汗淋淋從車蓋上滑下。羅格走過來，一手拎著百威啤酒，另一隻手像小朋友伸到副駕車窗外揮舞。

他說：「啊啊啊。」一口氣擁抱查琳、我，以及約書亞最後一任女友塔莎三人。跳上車斗作勢撲上我們，把腿橫擱在我們腳上。

我們笑了。就算是二〇〇四年夏天，我們喝醉了依然會笑。

查琳說：「羅格，好啦，你別鬧了。」

羅格滑下車去：「咋說？」

「你這樣跳上來，我都沒法感覺下面的車斗了。」她問我：「妳有嗎？」

羅格說：「查琳，像按摩對吧？」遞出一根黑色雪茄說：「妳有夠瘋的。」

那晚，他繞著車斗跳舞，讓我們一直笑，狹窄臉上始終掛著笑容。其他男孩三兩坐在車裡講著我們無緣參與的話，討論或做些什麼。羅格始終在取樂我們。他讓我想起艾爾登，溫柔體貼。他看到小表弟在他家門口街上首次體驗大麻便出面阻止。在暗夜中走向他說：「噢，兄弟，你幹嘛？你得戒掉，不必惹上這玩意兒。」他的小表弟笑了，早就嗨茫。

那年夏天，我們只在羅格家趴踢過一次。喝酒趴。我們一天到晚喝酒，但這次喝法和前一年夏天不同，前一年是錯亂狂喜的，一杯又一杯純淨[2]下喉，酒精奔騰身體，猛搥：那一刻，你年輕，你活著。活得比以往都來勁。到了二〇〇四年夏天，我們不再只為打破規範與破口痛罵而喝得像狂徒。現在我們較為節制，喝酒是為了遺忘。二〇〇四年夏天，我們知道自己老了；暑期尾聲，我們甚至知道自己已經一腳進入棺材。

那晚在羅格家，我們買來幾箱百威啤酒，那是羅格的最愛，然後玩骨牌，抽菸，聊天。從不沾酒的查琳決定那晚不抽菸改喝酒。我們待在後面的房間，感覺像是上了紗窗的露臺，和小表弟戴斯聊天。他就跟我多數堂表弟一樣，比我高。我說話時他得彎腰聽。他詢問我的寫作，寫些什麼，我說關於一對雙胞弟兄弟，年輕人，來自類似德萊爾的地方。他在陰暗的房間與盈耳的音樂聲中讚美我，說我寫的東西是「真貨」，我覺得尷尬極了。我啜飲啤酒，我討厭百威的口感，卻很愛它帶來的醺然。查琳一杯又一杯，蹣跚從我身邊走過。

她說：「我得上廁所。」

羅格帶我們穿過走道去上他老媽的套房浴室。我打開燈，查琳跪倒地上，腦袋靠著我的腿昏死過去。不省人事，她吐了。羅格消失又回來。

「她還好嗎？她需要喝水。」

我說：「是啊，遜咖。」我摸摸她的頭髮，困倦瞪著黃色地毯。

我們就這樣坐在他母親臥房的地板兩小時，查琳靠著我大腿熟睡，我喝掉最後一點啤酒，昏暗醺然。羅格先是拿了一杯水，又拿來兩杯水跟洋芋片、麵包給查琳填肚子。查琳喝了水，不吃洋芋片跟麵包，我吃掉了。當我清醒到可以開車，羅格

2 Everclear 是一種酒精純度高達百分之九十五的烈酒。

幫我把查琳扛到車上，目視我們駛入黑夜，駛入泥淖河口。

第二天，查琳跟我拜訪羅格。那天熱到晃亮，積雲浮現天空像座山，但是沒下雨。羅格坐在一張硬邦邦的塑膠椅，當我跟查琳走過車道，進入戶外停車棚，羅格拉出兩張上面有塑膠條的金屬椅子，我們坐下。我宿醉未醒，塑膠條吃進我的腿，但是能坐下來、躲在陰影裡就很自在舒服。羅格跟查琳聊天抽菸，蟬兒鳴叫。他們聊街區跟以前如何大不相同，死亡好像尾隨我們，迫使我們遠離彼此，社群瓦解。他們聊到昨晚有多廢，聊到加州，聊改變。

羅格提到改變，說要跟其他人回加州。當時羅格腦海裡全是這些。我想像松樹與悶熱的空氣就像房間的四壁，不斷內縮壓迫他。或許如此，他用藥日多，因為跟許多人一樣，羅格也拿毒品與酒當藥。他的嗜好逐漸明顯。體重下降，比以往更瘦削，偶綻笑容卻變小，在臉上顯得黯淡。他的表妹貝碧說那年夏日某次聊天，他一直講離開密西西比回去加州。他想念自己的工作；想念特立獨行的自由，想念加州的「新」。他跟貝碧說：「妹子啊，你知道，外頭有個更適合我的世界，我可以活得更好。」他一口飲盡瓶中酒，說：「我準備走了，我要改變。立刻離開，但是這裡……」正說到一半，一個濫用毒品、古柯鹼、海洛因、大麻的鄰居男孩開著 Cutlass 汽車停下來，走向前說：「咋樣？」

有人知道羅格用古柯鹼，其他人不知道。七〇年代尾到八〇年代中左右，古柯鹼在密西西比被視為娛樂用藥。我們的父母輩吸古柯鹼，有時搭配大麻。私底下吸，也視為平常。然後快克誕生，對那些使用古柯鹼的人來說是糟糕的發展，它比較便宜，也比較容易上癮，更嗨。沒法戒掉的人便從派對用藥者變成癮君子。偷竊家人與陌生人以維持自己的癮頭。

我喜歡講一個故事，它充分表現德萊爾與基督徒隘口鎮「黑人飛地」裡的人際緊密連結。你醒來發現汽車音響被偷了，氣死。打電話給表親抱怨，也跟幾個朋友提起。你懷疑誰誰誰可能偷了它。到了中午，你的某位表親或朋友便打電話來說，某人看見某人穿過林子，或者夾著音響晃蕩大街。那個下午，你現身竊賊家門口，那房子小而舊但乾淨。你拉高嗓門。要拿回音響。當你臭罵，他們面露羞慚，可能回嘴咒罵，也可能緊張微笑，最終還是把音響還給你。這是我成長的八〇年代與九〇年代，快克瘟疫剛開始流行時，地方上處理偷竊的方式。現在不一樣了，等你下午現身竊賊家，會發現他家沒電，地板爛穿，你的音響早就進了當鋪，到手的錢已經抽掉了。他們的眼睛在頭顱上緊張亂轉，飄向你背後的紅土地，飄向天空，飄向搖擺的樹梢，他們會一直說謊，直到你放棄，直到你去找別的線索，直到你離開。

古柯鹼在德萊爾與基督城隘口的年輕人中名聲很臭，因為它跟快克是親到不能再親的堂表兄弟。年輕人可能會喝超強的白干，抽捲得厚厚的大麻雪茄，甚至試試快樂丸與處方止痛藥，卻絕不會在自家派對上隨便掏出八號球[3]古柯鹼，推過桌面供大家享用。為什麼？因為某位趴踢過頭的表親、叔叔、姑姑，甚或爸媽的鬼魂跟他同桌，滿口牙齒焦爛棕黃，因為過度使用菸斗吸食毒品。使用古柯鹼的年輕人不會聲張，會企圖隱瞞，甚至跟毒癮奮戰。羅格隱藏了自己的毒癮，也奮鬥了。

我父母兩邊家族的某些親戚濫用快克，斷斷續續多年。每次談到，查琳總是說，不能怪他們，他們只是想嗨，幹，這能幫助他們應付現實。然後又加上一句：他們都是大人了。現在我比較能理解她的觀點，二○○四年時，我不懂，也沒看出多年來酒精其實就是我的毒品。沒把飲酒後的鬆弛與用藥聯想到一塊。更沒想過我的親戚如此，我的手足、羅格都可能只是如此。我知道自己成長的地方，希望與機會就像晨霧一樣飄渺，但是我沒看出濫用毒品的核心是多麼絕望。

我記得二○○四年夏天最後一次見到羅格是在加油站。我不記得跟誰在一起，我們在基督城隘口的英國石油加油，一年後，卡崔娜颶風掃蕩了十分之一的海岸地區，這家加油站整個消失。當加油槍開始運作，我跳出車子，看到羅格拎著啤酒閒蕩，拉長臉，嘴巴緊閉，沒有露齒。他異常削瘦。眼睛瞇成一條縫，看起來像在笑，但是沒有。

我說：「羅格，咋樣？」

「咋樣？」

他摟摟我，黑色T恤鬆垮掛在身上，肩膀幾乎都沒碰到我，就已經朝後退，結束禮貌性的摟抱，跟兩個街坊男孩回到車上，被黑暗的公路視界吞沒。墨西哥灣海風斷續吹來，懶洋洋將沙塵掃過停車場，掃過我的腳，而羅格消失於基督城隘口鎮的陰暗綠色隧道街頭，像動物鑽入祕密洞穴。

幾年後，查琳說羅格的屍體尚未被發現時，她曾造訪他家，以為他還活著。她跟朋友猛敲大門，屋內黑暗，窗簾遮蔽，她們不知道羅格已經死在裡頭。兩天後，羅格的妹妹蕾雅才發現他的屍體。查琳她們當時在門口喊：「羅格！」然後說：「懶屁股可能昏死在裡面了。」更大聲喊：「羅格！開門啦。」

3 俗語裡的八分之一盎司。

查琳說，想到當時他就死在門後讓她心都碎了。

幾年後，娜蕊莎說二〇〇四年二月，羅格曾來找她。那時C. J. 剛死，他跟我的一些表親都嗑了太多古柯鹼，因愛與傷逝而痛苦萬分。那次羅格嗑昏了，我的表親擔心他不再呼吸，把他扛進娜蕊莎的浴室，放進浴缸，注滿冷水，盼望奇蹟，盼望生命之火不致熄滅，猛捶羅格的胸膛，大喊：「可別這樣對我！你可別死！不要再死人了！」羅格吸了一口氣，睜開眼。

二〇〇四年六月三日那晚，羅格在母親家中嗑了古柯鹼也吞了些洛貼卜[4]，難得那晚屋內沒派對，也沒有朋友三兩相聚。之後，那個擁有狹長臉蛋漂亮笑容的男孩羅格躺到床上，感覺飄然又低盪，感知一切卻同時麻木無感。或許他在想他該置身別處，漫步加州的棕櫚樹下，或者與表親沿著威尼斯海灘走路，嗅聞讓人誤以為是大麻的香料。或許他想著天空俯瞰太平洋，海水延伸迎接雲朵，然後消失於地平線，彷彿沒有盡頭。或許他想著家人，想著媽媽結束墨西哥灣鑽油平臺的海外工作返家。或許他想著冷氣機，能躺在家裡涼爽黑暗的床上真棒啊。或許他什麼也沒想，但是當初殺死他老爸的壞心臟種子悄悄伸出觸角，在他的胸膛爆開時，我盼望他腦海裡想著這些事兒。那晚的某個時刻，羅格心臟病發死亡。

⁂

當時我一個人在老媽家，老弟的最後一任女友塔莎打電話告知羅格死了。她啜泣：「他們殺了我的兄弟！」她跟羅格很親。

我離開老媽家，開車穿過德萊爾進入鄉間。車窗搖下，車燈開小。在一條僻靜的道路，我遇見高中時代的男友布蘭登；我們停在半路，置身密西西比州特有的暗黑空曠。我七歲就認識布蘭登，那臉蛋再熟不過。我走向他的車子，一手遮著額頭探入駕駛座。他的眼睛黑又大，周遭林木昆蟲狂叫彷彿在燃燒。

我說：「你聽說了？」

我擁抱他。羅格是他的第一等表親。他們有相同的黑眼珠與黑捲髮。布蘭登點頭。鬆開擁抱時，我擦過他的臉龐。他的皮膚潮溼，那晚太熱，我無法分辨是淚還是汗。

---

4 洛貼卜（Lortabs），混合氫可酮與撲熱息痛的止痛藥。

我問：「你要去橡樹公園？」我不願想像羅格的妹妹蕾雅是什麼滋味。人們前來敲門卻沒進去，幾天後，才被她發現了屍體。

布蘭登說：「是啊。」

我們就在路上分手。我抵達橡樹公園區，把車停在水泥邊石旁，過街站到羅格家的前院。這條我們曾來開派對的街上，人們三三兩兩站在凹處。查琳與塔莎跟我在這兒會合，面朝羅格家。一輛灰黑鑲銀的靈車來載羅格，在車道上困難調頭。街燈嗡響。他們用擔架抬出羅格，放進後車廂。我哭了，張大嘴。我恨死靈車。想一把火燒了它。當駕駛笨拙壓輾草坪，調頭開出庭院，我想起布蘭登在我走前說的話。

他嘆氣說：「他們把我們一個個幹掉。」

人們散去，羅格的親人鎖上房子關燈，我們在街上打轉，等待。好像憑意志力，我們可以讓靈車返轉，羅格從後座坐起復活。好像憑意志力，我們可以讓羅格再度說笑。我獨自開車駛過墨黑的泥淖河口回家。我想到約書亞。我想到C. J.、戴蒙、朗諾德。我搖下車窗疾駛，想著羅格。

我想到塔莎與布蘭登說的，狐疑他們是誰？羅格死於自己之手，死於他的心臟：他們是我們嗎？還是當死亡不斷累積，我的摯愛紛紛逝去，我忽略了背後有一個更大的故事。他們是人嗎？我的車頭燈在漆黑中切出一小條光亮，突然間，他們就像這黑暗一樣龐然、深沉、壓迫。我關掉音響開回家，一路沒有音樂敘述陪伴，只有昆蟲尖鳴與啪啪吹過我窗戶的熱風。我努力聆聽其中的敘事，想要釐清書寫我們的故事的他們究竟是誰。

羅格的葬禮後，我拍拍蕾雅的肩膀。我張開雙臂，摟她。她那雙表情豐富的大眼睛充滿血絲，游移。我想著當年弟弟過世時，除了妳還好嗎？妳還ＯＫ嗎？之外，我會希望有人（任何人）跟我說些什麼別的？因為我知道上述問題的答案。我在她耳朵低聲說：「他永遠會是妳的兄弟，你永遠會是他的姊妹。」

我真正想說的是：妳會永遠愛他。他會永遠愛妳。就算他不在這裡，他曾經在，沒有人能改變這個事實。沒有人能從妳這裡奪走這個。如果能量不生不滅，如果妳的兄弟曾在這兒，帶著他的幽默、善良、希望，難道不代表他的這一切還存在於某處，就算他不在這兒？不是嗎？我必須相信我的弟弟就是如此，今早才有辦法起床，蕾雅。但是我不知道該怎麼說這些。

葬禮過後街坊都會聚會或者聚餐，羅格家也一樣。年長女性捧著大砂鍋菜跟肉到P太太家。我們各自抵達，停在她家門前，有的停到隔壁的院子，我們的車子橫跨草坪與瀝青路面，這次可是大白天。我們各自拿了餐盤放在腿上，一條腿在車內，另一條在車外，理理身上的T恤。那是羅格照片鑲了藍框的白T。照片裡，羅格酒渦深邃，笑容耀眼。我們深嘆。

紀念T恤在年輕人葬禮上很常見。我不知道北部、東部、西部的黑人社區是否如此，但是在南方，穿紀念T恤已經成為傳統，跟葬禮後聚餐一樣。羅格的紀念T恤是表兄弟做的：他們收集T恤照片，設計，一件二十元賣給想要的人，成本價。紀念T恤上的羅格笑容迷人，好像要張口說：嗨，咋樣啊，今晚幹啥？圍繞著羅格的大照片是其他早逝青年的照片：朗諾德、C. J.、戴蒙、約書亞，還有兩個更早過世的，我們沒那麼親，一個死於車禍，一個自殺。他們都笑容滿面，好像學校的年級照或者家族團圓照。照片裡，約書亞看起來像小流氓，好像他可以跟紐奧良最厲害的幽靈禍害同行。他拿著老爸的SK半自動手槍，在鏡頭前擺姿勢，超短的平頭，頭巾遮住下半張臉。那時他應該是十六歲。我沒見過這張照片，看到他跟其他早逝青年的照片在一起，我邊吃邊哭。爆熱的密西西比夏日午後，我咀嚼葬禮食物，看著老弟的棕色大眼睜得老大，鑲在一張無法訴說他的任何點滴，卻代表完全相反一切的照片裡。

羅格的紀念T恤背面寫著**嗨喲喲**。**你說啥**？聽說他常講這話，他的表親沒告訴我什麼意思[5]。T恤上同時印了OPT。羅格的照片簡直配不上他本人，太模糊，太靜止，不是那個張開雙臂、滿面笑容的二十三歲年輕人。一行字從T恤正面繞到背面：**讓你笑的事也讓你哭**。我邊擦眼淚邊想這句話太油滑了。就在那一刻，我想不起是否曾跟羅格一起笑，扯開嘴發出我尖銳丟人的大笑聲。我看著我的家人與朋友，大家都在哭，迴避彼此的眼神，我根本想不起來自己有笑的能力。只知道這個傷逝、這個痛苦。我不明白為何總是如此。

5 嗨喲喲（Yagga yo）是在演唱 reggae 風格歌曲時用來表達快樂愉悅的詞。

我們誕生

一九七七—一九八四

我是六個月大早產兒，一九七七年四月一日愚人節出生。母親十八歲，父親二十。他們住在奧克蘭的祖母家，睡在老爸小時的房間，裡面充塞他青少年的瑣碎物品：李小龍的海報，雙節棍掛在釘上，牆上是他的繪畫。老媽記不得我提前誕生那天的對話，但是我想像老媽醒來跟老爸說：「我得去醫院。」老爸會笑，認定那是有趣的愚人節惡作劇。然後老媽痛到在床上蜷曲身體說：「真的。」臉上的表情像被擋泥板撞上前的母鹿，他的母鹿。

我出生時只有兩磅四盎司，醫師告訴爸媽我活不了。我的皮膚呈紅色，薄得像紙，皺巴巴，大眼珠爆凸如異形。老爸拍了一張照片，一隻手掌便兜住我的全身。因為體重不足，我得了血瘤，血管腫脹滲血，血瘤像醬紫色球莖，薄薄的皮膚幾乎保不住滿脹的血。其中兩顆血瘤爆炸滲血。一直到四歲，我的血瘤才完全萎縮變平，在原本勃生長大的地點留下斑點：肚皮、手腕、大腿背面。我的腹部有一顆血瘤，醫師切開我肚臍下方一毫米處做探查手術，之後再縫合。切口橫跨我整個小小肚皮，我想像自己如被解剖的青蛙躺在手術臺上。這些年下來，手術切口拉長，下陷，縫合處變成疤痕。當醫師發現我不會死，便說我會有發展障礙。很訝異我居然奮力呼吸，肺部運作良好。他們說我有一顆堅強的心臟。另一張照片裡，我眼睛下面的皮膚是兩個大紅泡，老媽扶著我的呼吸管。我看起來疲憊。但是我活下來，沉默堅毅，保溫箱裡的小身體插滿管子。我在醫院住了兩個月，紅色皮膚淡去。小肚皮慢慢變大，兩腿勇敢不服輸，兩手張開，眼珠變小陷回去。出院時，我黃膚、禿頭、肥胖，身上有疤。那是一九七七年五月二十六日，老媽的十九歲生日。

我們搬離祖母的家住進一房公寓。我的腦門長出頭髮，半吋高，黑，細，捲，之後停止，三歲才繼續長。那個時期的照片，老媽都將我的頭髮朝前梳成絲緞般的小帽，兜出我的臉蛋，企圖讓我看起來有女孩樣。二歲生日的照片裡，我穿著長袖農夫型紅襯衫，醬紅色粗滾邊，配上黑長褲。老媽總用紅色打扮我，一次又一次：不是粉紅，也不是藍色、綠色、紫色，而是紅色。血瘤的紅。我不是粉紅女孩。有一張照片，我們全家在俯瞰柏克萊與奧克蘭的山丘上，我的身後是黃草泥土。乾枯山丘的塵土讓空氣顯得金黃。我看起很健康，像漂亮男孩。多數血瘤開始萎縮，雖然在皮膚上留下長長紅痕，但被衣服遮蓋了，我表情嚴肅瞪著相機後的人。

老爸總說醫師說我活不了，他覺得被侮辱了。醫師無視我躺在保溫箱，腦袋歪一邊，肺部在胸口薄皮下鼓動，只管轉頭對我的爸媽說：「她活下來的機會不大。」老爸沒說話。站在那裡握著老媽的手。老媽沒哭，人前她不哭。醫師說了很多我的事，出生時的情況，存活機率等，他們沒聽懂。後來我追問，他們也不記得了。那是七〇年代尾，他們只是一對年輕、貧窮的奧克蘭黑人。老爸等到醫師離開後，才把結實的手伸進連著保溫箱的橡皮手套，用一根手指輕拂我的小手。他沒法把食指放進我的手掌讓我抓，因為他的一根手指就等於我的整個手臂。

青少女時代，他曾跟我說：「我想跟他們說妳是鬥士。我想說我的寶貝不會死，因為她是戰士。」

我們來自男人女人都必須艱苦奮鬥才能生存的家族。我的朵拉絲外婆住在兩房一衛的房子，拉拔七個孩子長大。她工作存錢把兩房變四房。做過女傭、美髮師、裁縫，最後到藥廠工作。他們說：「我們需要能像男人般幹活的女人。」一個男子目睹她能扛起一頭成豬，就給了她這份工作。我們家族的男性數十年來都是園丁、木匠、工廠員工、販賣私酒，也開店鋪，隻手建蓋家園。

老爸說那時他就知道我不會讓他失望。

我對灣區生活的前三年記憶很淡。老爸在遇見老媽跟有了我之前是混街頭的。警察掃蕩街頭逮捕販毒可疑分子，他會在其中，也會因為跟其他幫派在小街巷尾搶地盤起衝突被抓。拘留所裡一關幾十人，對著警察大吼大叫，搖頭嘲笑，互噴垃圾話：你幹了啥？喏，老兄，我說你幹了啥？老爸身上的藝術因子讓他愛上吉米・罕醉克斯[1]，朝腦門倒化學物，期望變成非洲爆炸頭，結果軟塌下來。高中畢業時，藝術學校提供他獎學金，他沒去，必須考慮母親跟七個手足，開始去加油站工作，那個街區十分破落，流鶯來往街頭拉客。老爸對她們很好，不買東西也讓她們借用廁所，她們等顧客上門期間也會跟老爸說說笑笑。週末，他跟朋友去佛雷斯諾參加直線加速賽車嗑迷幻藥。老媽到了加州後，老爸略略放慢步伐，待在家裡時間變多，但是家庭生活未能防止他出軌，他始終沒能發展出忠貞老媽一人的道德約束力，總被天賦所害：他的魅力，他的幽默，以及異於常人的美貌。老媽吵只讓他的欺騙變得更聰明狡猾，他總是說些老媽想聽的話。妳跟我都沒有爸爸，當然我們會組成家庭。當然我永遠會在妳身邊。老媽當時在社區大學上課，並在我就讀的幼兒園上班，她希望主修幼兒教育，成為幼教老師。

老爸說老媽的身材像可樂汽水瓶，漂亮極了。我看過老媽那個時期的照片，真的漂亮：立體的顴骨與鼻子，大眼珠，柔絲長髮像水瀑滑過肩頭到背後，嘴角有顆小小的痣。她帶我去雜貨鋪，人們會讚美她以及可愛兒子的美貌。老媽說她是女兒。最後太多人誤認我是男孩，她就懶得糾正那些讚美者。

那時我已經會走路，兩歲。肚皮肥肥，兩腿短短，大大的黑眼珠。頭髮如絲帽蓋在頭頂。老爸老媽舉行派對，是那種純粹想跟喜愛之人共享好時光的聚會。老媽讓我穿上綠色連衫褲，我就繞著老爸、他的表親、老媽、姑姑們的腳邊轉。他們抱起我，我是那個奇蹟寶寶。他們親吻我的臉頰，那時胖如熟桃。我走回房間套上老媽為我買的牛仔靴與牛仔帽。

「妳幹嘛，咪咪？」那是我的小名。公寓樓上鄰居給女兒取名咪咪，老媽太喜歡，就竊用了。我跳上角落的鐵製木馬，小心不讓彈簧掐到腿，開始前後搖晃，在杯觥交錯聲與大人的菸霧中吱嘎作響。他們笑了。派對持續，我趁大人不注意時（有時他們瞧見了）拿走啤酒罐，偷喝罐內殘酒，直到他們說，不行，咪咪。拿走我

1 吉米・罕醉克斯（Jimi Hendrix），美國已故著名吉他手、歌手。

的酒罐。老媽拍過一張照片，在大人拿走我的酒罐前，我挺著肚皮捧著它，酒滴滑落下巴，罐身足足有我半個軀幹那麼高。照片裡，我在笑，兩腳張開，幾乎是驕傲的模樣。我是派對的一分子。

老爸對那些日子的記憶比老媽深，或許是他比較願意公開談論，也可能是他對那段日子有懷舊之情，所以會跟我說，老媽則不。儘管回憶愉悅，但是老爸說住在加州時，他想念家鄉。老媽可不。她希望繼續住在加州。她較少跟我提及那段時光，但是她喜歡加州的自由自在，喜歡山丘上起伏展延的城市景觀。密西西比沒有街景可言，到處都是厚厚的樹叢。放眼只能瞧見最靠近你的那棟房子，瞧見狗綁在樹旁，你的兄弟在泥巴地騎車經過你身旁。晚上或許有一點點星光；白天呢，鉛灰色雨氣濃重的雲層低壓。但是在加州，老媽可以眺望地平線，看到太陽從東邊升起，之後降落於西方的廣闊太平洋。我們的加州房子坐落於這樣的山丘，老媽只需要照顧丈夫與小孩，擺脫南方與家族的束縛。

當我在灣區讀大學，我想念密西西比州的空氣。不知道老爸是否一樣，灣區穩定的清冷空氣令他想念家鄉的悶熱。當老爸提議搬回家，老媽力阻。兩人爭吵。最後老媽讓步，因為她愛老爸，或許也因為她懷了約書亞，要養第二個小孩需要家人的支援。那是一九八〇年，我三歲。

老爸老媽把所有家當塞進一輛小旅行車，還有一輛低底盤的雷維拉（Riviera），開始長征，沿著I－5州際公路往下到洛杉磯，再順著I－10州際公路穿越西南方的沙漠。到了亞利桑那州某站，大腹便便的老媽走進雜貨鋪就昏倒了。我們的車子沒冷氣，她還是嘴角堅定開了兩千三百哩，我的肥胖老弟在她的肚皮內猛踢，他的腳與駕駛盤的金屬支架之間只隔著老媽被撐得像氣球的薄肚皮與脂肪。車窗搖下，風兒呼嘯，我蜷曲躺在副駕座。當老媽駛過火焚沙漠，我熟睡，做著燃燒的夢。我們奔馳狹長無止盡的德州，進入逐漸湧現的綠色路易斯安那，最後抵達德萊爾：回家了。

前一天老弟還不在，第二天他出現了，誕生於密西西比州葛夫波特紀念醫院。黃而胖，大眼水汪汪。張大的嘴只有牙齦。有時老媽會讓我坐在椅上抱他，他的身體從我的肩頭一路伸到大腿。我對他的嬰兒時期記憶不多，不足勾勒他從嬰兒到學步娃的人生敘事。約書亞足月誕生，但是難產。老媽說他在肚子裡面朝他看不見的天，醫師打趣說這是「蛋黃面朝上」。醫師翻轉了子宮內的約書亞三次。老媽說，每一次她都感覺約書亞又翻回成面朝上，好像打定主意出生就要瞧瞧這世界什麼模樣。他是個漂亮寶寶：砂色皮膚，黑棕色頭髮，稍後逐漸褪成金色。前一天，他還不在，第二天，他出現了。就這樣，我成了大姊姊。

一旦返回家鄉，我們經常搬家。先是住在基督徒隘口鎮一棟兩房白色小屋，但是我對那段時間記憶模糊。然後搬去一棟藍色三房小屋，蓋在曾祖母愛琳的德萊爾土地上，那是老爸小時玩耍弄瞎一隻眼睛的地方。我們的房子位於平野的角落，蓋在煤渣磚上，臺階看起來高到不行。平野寬闊。三百碼外是愛琳曾祖母褪成灰色的小屋，分隔住家的林地非常貼近房子的背面與側邊。我家屋後的樹下有小雞棚，另一邊是老爸蓋的兩個狗舍。我們有兩條狗：一頭是黑色比特犬「死黨」，另一頭是混血的白色矮比特犬「酷先生」。

我長高了。老媽把我的頭髮梳成幾條馬尾，用大型塑膠波浪U型髮夾夾住，我們管這種髮夾叫「奶奶」。晚上睡覺時，髮夾咬進我的頭皮。我五歲時，約書亞三歲，到我腰部高。他老想跟我玩在一起，但是每當老媽有事出去，老爸在家照顧我們，我就會拋開他，踏上通往馬路的長車道，找表妹法拉玩家家酒。她老爸在廚房與起居室間掛了簾子，我們就躲在簾子下偷看電視，或者到兩家間的田野玩。有一天，約書亞跑出家門找我們。那時他已經很會走路，金色爆炸頭蓬鬆。身上只著尿片。他從沒欄杆的前廊這頭走到另一頭，朝草地望，站到臺階邊緣，轉身，小心踏下一腳，踩到最上層臺階，然後一路滑下來，轉一圈，再度面對院子。

約書亞叫：「咪咪！」

我蹲低，眼睛比磚塊略高，瞧著他。不想回應，不想他走進院子，不想照顧他，只想自己玩。

約書亞叫：「咪咪！」

他好瘦，只有肚皮圓得像球。我沒出聲。他狐疑望著院子，這院子在他眼裡顯然比我眼中的大：一大片無邊長草，再過去是遙遠模糊的房子，他姊姊就消失在那兒。

老爸砰地甩門出來，只穿短褲，打赤膊，原本可能在睡覺。他一把抓住約書亞的一隻手，在半空中搖晃，開始揍他屁股。

「兒子！我有沒有警告你別一個人跑出來！」

約書亞哀號，像釣魚線上的魚墜在空中旋轉。老爸的手一下又一下拍在約書亞的尿片上，我嚇壞了。我很少看到老爸生氣，訴諸暴力。我不明白老爸幹嘛對約書亞大發脾氣，不明白他想給我老弟什麼教訓。不明白約書亞為何像個洋娃娃懸在半空。即便到了今天，約書亞挨的那頓屁股仍像是我的錯。我依然羞愧自己沒有踏出長草，沒有爬上臺階，握住他的手，像個大姊姊般帶領他下樓梯，對他說：我在這兒呢，老弟，我在這兒呢。

老爸不是易怒的人。對我總是極盡耐心與溫柔；從沒鞭過我。但是他鞭約書亞，對他非常嚴格，很沒耐性。老爸認為約書亞是男生，兒子，對他的規訓沒有出錯空間。這孩子要成為鬥士，所需的嚴格養成遠超過那個生來就有堅強心臟的女兒。我的弟弟必須更堅強，因為他得成為南方的黑人男性，他將面對的奮鬥，我不會經歷。或許老爸夢見家族中的那些死於非命的男人，因此當他醒來，看到床邊那張臉龐：紅唇、燦笑、青澀、對世間一切無邪無知，便忍不住下重手。

不管教約書亞時，老爸很有趣。一晚，老媽出門，把我們交給老爸，他已經上了一整天班，用毯子蓋住自己蹲在床墊中央，約書亞跟我抓著彼此，從房間角落輕輕挪步，老爸則在毯子下左右移動，繞床跟隨我們，發出奇怪的咕嚕聲。約書亞跟我笑了。喘不過氣。踮腳走近床邊，老爸忽地伸出一隻手，指節粗大有疤痕，我們嚇得尖叫，快樂與恐懼湧到喉頭，差點嗆昏。連忙奔開。老爸跟我們玩，直到房內熱氣讓我們疲倦。汗珠淌下我們的小身體，頭髮飛揚，在腦門形成厚厚一層光圈。那晚最後，老爸把我們摟進毯子內哈癢。我們尖叫高喊饒命。

平日，老爸到葛夫波特的玻璃工廠上班前，我們全家一起吃早餐。老爸會打開廚房的收音機。那是一九八二年，老媽懷了娜蕊莎。收音機裡傳出新版本合唱團（New Edition）的嗚嗚歌聲；約書亞跟我愛死新版本。老爸會抓住我的手，再抓住約書亞的手，我也將約書亞流汗的小手心握在掌裡，就這樣形成圓圈在廚房中央跳舞。老媽朝我們搖頭，微笑，揮手叫老爸不要拉她一起跳舞。她感受到壓力，因為家庭成員增加，也因為儘管老爸力表清白與忠心，還是不斷出軌、出軌。她畏懼她眺望到的未來。她沒法在廚房跳舞。她為我們煎荷包蛋，蛋黃面向上，做為家庭成員之一，她坐下來跟我們一起吃。

老爸有他的黑暗面。受暴力吸引，喜歡打鬥裡的簡單美感，自己與對手的身體都變成精密構造的機器。他用洩氣的腳踏車輪胎訓練純種比特犬。不訓練時，便愛撫那隻狗，溫柔對待，好像牠是另一個孩子，但是狗的戰鬥能力才是首要之務，為了訓練牠們殺戮能力更強，老爸毫不容情。就像管教約書亞，老爸的狗如果要躋身最強行列，也得重手對待。

老爸站在屋門口，手握彎刀，刀刃深灰幾近黑色。他輕鬆握著彎刀。老媽在自己的房間看電視，我跟約書亞畏懼躲在老爸腿旁，瞧著踞坐院子裡的「死黨」，肌肉發達如老爸，渾身油黑，吐舌喘氣，對著我們笑。

老爸說：「待在屋內。」他急步走下臺階，我跟約書亞躲在門柱後面，直到老爸拉著「死黨」有裝飾釘的項圈繞屋子走，我們才探出頭來。我們決心要看。老爸的某個第一等表親也只穿白短褲打赤膊，抓住「死黨」的尾巴擱在一疊空心磚上，穩住牠的身體。「死黨」耐心安靜等待，轉頭看，咬飛蚊。牠信任老爸。老爸高舉彎刀狠狠剁向「死黨」尾巴連結身體的下方數吋。鮮血持續噴到灰色空心磚上，「死黨」尖叫扭動。老爸扔下彎刀，包紮「死黨」的屁股，撫摸牠的兩側。「死黨」嗚咽，靜了下來。

老爸說：「乖孩子。」「死黨」舔老爸的手，腦袋磨蹭他。

稍晚，我跟約書亞躺在房內。房內裝潢依然是我的風格；窗戶掛著灰姑娘窗簾，單人床上鋪著粗糙的灰姑娘床罩。剛搬家時，約書亞有自己的房間，後來老爸決定把那房間改成健身房，放舉重機器跟功夫武器，讓約書亞搬進我房間。我整整氣了一星期，感覺領域被侵犯了，那是屬於我的空間。但是那晚約書亞跟我各自安靜躺在小小的床上，他呼吸輕柔，幾乎打鼾，我則睡不著，聆聽老爸跟他的表親在另一個房間的動靜，聽到他們拿下老爸放在牆上當裝飾的菸斗抽菸，聽到舉重器材鏗響，黑暗裡，這些聲音從悶熱的走道傳過來。風兒吹動我的窗簾；窗簾飄飄而後靜止。潮溼的空氣從所有窗戶進來，大麻味道滲入我們的房間。我知道那是某種菸，跟香菸一樣。老爸抽，老媽不。或許老爸跟他的表哥聊狗。或許他們聊車。或許他們輕聲討論女人。

那時老媽已經生下娜蕊莎。她的夢想已然幻滅，逐漸明白家族成員增加不會綁住老爸，鼓勵他忠心。娜蕊莎足月卻難產，體重超過我跟約書亞，拒絕從產道出來，醫師跟護士得拿手臂擠壓老媽的肚皮，從肋骨一直擠到臀骨，再用箝子把娜蕊莎的頭夾出來。老媽說，她不想離開我。娜蕊莎落地，長得跟老爸最像：黑色頭髮，笑起來，大大的黑眼珠像英文引號。

生老妹的困難加上家庭狀況的逐漸明朗，改變了老媽，回到家後，她變得更退縮內向。失去耐性時，會跟老爸爭吵出軌的事，老爸的戲劇化反應是大張旗鼓掀翻床墊等等，老媽的反應則十分簡短。我猜她不想讓我們承受父母吵架的大場面，以及浮動在他們唇槍舌劍邊緣的暴力。他們沒對彼此動過手，都是家中的小物件受罪。

同一年。屋外的世界給了我跟約書亞另一種暴力教訓。一場玩耍教會我們暴力可以來得突然、難以預測、嚴重、快速。

舅舅湯姆斯騎摩托腳踏車載約書亞。湯姆斯舅舅十九歲，他的白色摩托腳踏車有醬紫色座椅。約書亞坐在舅舅的大腿上，他們在院子裡繞圓圈，呵呵歡叫。湯姆斯舅舅嚴肅時面色恐怖，難以想像跟他的笑顏是同一張臉。我也想騎。約書亞身體前傾，抓住把手假裝轉彎。摩托腳踏車加速。舅舅壓離合器想要減速，約書亞卻壓油門，他們整個往前衝。舅舅猛地轉彎，想煞住車子，撞上砂渠。約書亞尖叫。嘴巴汩汩流血。舅舅一再道歉：對不起。對不起。對不起。老媽撐開約書亞的嘴，發現舌頭連接嘴巴底部的薄膜撕裂了。他們讓約書亞含冰塊止痛消腫。他哭聲漸歇，睡著了。他們沒帶約書亞上醫院，或許認為那傷口自己會好，或許憂心帳單，又或許搖搖欲墜的婚姻讓他們心不在此。總之，傷口癒合了。

當然是比特犬教會了我暴力突如其來。老爸那時剛從德萊爾某男人那兒買下一頭成年白色比特犬「老大」。老爸的另一頭混血比特犬「酷先生」比較溫柔，從小陪伴我，突然生病了。我表親賴瑞拿著來福槍從後院把「酷先生」帶到屋後林子解決，老爸自己不忍心下手，他打算讓新來的「老大」跟從小養到大的「死黨」一起出賽。這隻新狗體型足足有「酷先生」兩倍大，對老爸身邊的人毫無興趣。「死黨」不一樣，牠會像「酷先生」一樣溫柔，拿身體屏障我，「老大」只會直挺挺瞪我。

一天特別熱，太陽晃眼，我跟法拉、她的弟弟馬提在砂礫車道碰頭，「死黨」

在屋底睡覺。一條流浪小母狗在我們腳邊跑來跑去。「老大」晃過來檢查牠，直直站在母狗旁，嗅聞牠的屁股、尾巴跟肚皮，找到感興趣的東西。兩條狗著迷互望，挺站我面前。天氣太熱，我脾氣上來了，「老大」擋住我的路。

我說：「走開。」

「老大」的耳朵扭了一下。

「走開，『老大』！」

法拉笑了。

我說：「走開啦！」啪一下牠的壯碩白背。

牠咆哮撲到我身上。我尖叫摔倒。「老大」咬我。咬了又咬，咬我的背，咬我的腦後勺，咬我的耳朵；牠的肚子白茸茸強壯有力，在我身上左翻右滾。牠的咆哮淹沒所有聲音。我用力踢牠，捶牠，左右開弓，一遍又一遍。

突然，「老大」脫離我，尖叫聳背跑走。我的曾姨婆柏娜拉就住在田野最小的一棟房子，正拿黃色掃把猛地打跑「老大」。她拉我起身，我大哭。

她跟法拉與馬提說：「回家去。」

她的手掌溫柔扶著我的頸背，陪我走過長長的車道回家。我的頭、背部跟手臂火燙、血紅，比那天的氣溫還熱，走路簡直是尖叫。老媽站在門口。我打赤腳：

血液塗滿我的臉，往下流到身體再到腳部。T恤背部已經撕裂，整個黑掉。好多年後，老媽說：「我看到牠在柏娜拉家門口攻擊妳，看到她打跑『老大』，但是我沒法動。」她嚇到麻痺了。

曾姨婆說：「那狗。咬了潔思敏。」

聽到她的聲音，老媽才從麻痺休克狀態醒來。她大叫老爸，老爸跑去給浴缸蓄水，抱我放入水中。我號叫啊。水整個變紅。老媽脫掉我的T恤，拿起平日她放在浴缸旁給我們淋身的水杯給我澆水。傷口與撕裂處簡直沸騰地痛。我放聲尖叫。

他們說：「咪咪，我們得沖沖妳，沒關係的。」

擦乾我的身體時，老媽的毛巾都紅了。我的血液滲透剛換上的T恤。老爸開車載我們上醫院。約書亞嚴肅安靜坐在副駕。老媽跟我坐後座，我的腦袋靠在她的大腿；她的手輕放在我腦袋上已經滲血的棉毛巾上。到了醫院，高個子白人護士問我：「噢，妳被狗咬了，是吧？」我的傷口勃痛，心想她好笨，不是狗咬，那是什麼？當醫師給我打狂犬病預防針，叫了四個男人進來，分別抓住我才五歲的四肢，我奮力掙扎。之後，他們給我縫針。我的背後有三個穿透傷，左耳上方有條三吋長的撕裂傷，與鎖骨平行，繞到頸背。這些他們沒縫，只消毒包紮。唯一縫合的地方是左耳下方，因為幾乎撕裂了，跟皮肉只有一公分連著。

醫師問：「比特犬幹的？」

老爸說：「是。」

老媽說：「她有抵抗。」

醫師說：「那種狗直接攻擊脖子的，如果她沒抵抗……。」

老爸說：「我知道。」

爸媽帶我回去，我在家裡行動虛弱。表親鄰居們都來了。馬提拿圓形金色小耳環給我老媽，他在沾血的砂礫裡找到的，原本戴在我的左耳上。老爸站在前院，男人與男孩包圍他，有的靠著車子引擎蓋，有的蹲在地上，有的像我爸一樣站著，其中一些很年輕，大概只有十四歲，也有七老八十的。老爸說幸好我有抵抗，否則可能翹辮子了。他說那狗想咬破我的喉嚨。那頭小母狗鐵定是發情了，「老大」把我當威脅。男人都拿著來福槍，有的像捧娃一樣用肘子摟著，有的扛在肩頭。老爸指揮他們散開，大家便出發獵狗了。「老大」在鄰里間竄溜，想找路回家。被老爸找到，爆頭殺死牠，埋在溝渠裡。我沒說是我挑起戰爭的，沒說是我先拍「老大」的背部。我覺得內疚。現在我腦部那條長疤像小小的雞尾酒塑膠吸管，跟所有戰疤一樣，會癢。

老爸老媽在家裡最後一次大吵時，我的疤痕已經癒合成粉紅色，那應該是春天，因為窗子都敞開著。我們正打算再度搬家，搬到後來我們住了一年的露營拖車，我的父母正一點點把對方逼上痛苦絕境，我們三個手足卻過著最快樂的童年，對父母的不合無知無覺，因為他們已經超會隱瞞。但是一九八四年的那個晚上，他們吵開了，無法壓下怒火，老爸氣憤被妻兒上了枷鎖，需索他的忠心與堅韌。老媽氣憤老爸允諾了這些卻做不到。那時他在外面已經有了第一個私生子。老媽領悟她正在重蹈母親的覆轍。

他們彼此尖叫，大聲爭吵飄出窗外，我聽不清他們在吵什麼，只聽到一個字眼反覆又反覆：你，你，你，你！伴隨摔東西的聲音。太陽下沉，天空由藍轉黑。蝙蝠在我和約書亞的頭頂飛衝捕捉昆蟲。窗戶透出黃色光。娜蕊莎那時一歲，跟爸媽待在屋內，不斷啼哭。約書亞跟我坐在黑暗的前廊，我摟著他瘦弱的肩頭，他在發抖，我也在抖，但是不能哭。我在黑暗中摟著約書亞，我是他的大姊姊。老爸跟老媽在屋內互相吼叫，我們頭頂蝙蝠的撲飛聲音像乾燥的紙。我聽到玻璃碎了，木頭裂了，東西破了。

戴蒙・庫克

生於：一九七二年五月十五日
卒於：二〇〇四年二月二十六日

戴蒙年少時，我不認識他。認識時，他已成年，臉上有深深的笑紋，血管爬行太陽穴的薄皮膚下。腦殼看起來很結實。

我是在娜蕊莎處認識戴蒙的，那時她住在長灘的兩房大公寓。娜蕊莎是我們四個小孩中最早離家在密西西比租屋的。我是長女，第一個離家到遠處，但是某個程度，娜蕊莎是最早成人、第一個切斷母女臍帶的。她也沒什麼選擇。她是被老媽踢出去的，因為她們屢屢在教養杜尚上意見不合。杜尚那時已經三歲，棕膚扁鼻，來自他十九歲老爸的遺傳，總是笑臉迎人，牙齒像糖果，小而完美。娜蕊莎排行居中，也承受中間小孩的種種。我們還小時，約書亞有次吵架說：「老爸老媽最不愛妳。

我們三個都很特別。咪咪是老大，查琳是老么，我是家中唯一男孩——妳自己想想吧。」雖然這話毫無根據，已經讓娜蕊莎的自我認知蒙上陰影，讓她想要破格，成為獨特的人；爸媽與男孩都被她的美貌以及幽默隨和的酷派作風吸引。我們三個姊妹關係很親密，因此我跟查琳常在她的第一個公寓鬼混，睡在表兄雷特送她的老沙發上。戴蒙跟娜蕊莎交往許久的男友羅勃進門時，我正坐在玻璃桌上，那是老媽給娜蕊莎的搬家賀禮，她們已經和解了。

戴蒙大約五呎十吋高，跟約書亞的膚色一樣：古銅，淡棕色頭髮，只是四肢稍短，胸口較結實。他渾身肌肉，約書亞則較為柔軟，還沒完全擺脫前青春期的嬰兒肥。戴蒙留髮辮，講話時，辮子甩擦肩膀。

「咋樣啊，噗噗。」那是羅勃跟娜蕊莎剛約會時替她取的綽號。戴蒙點燃嘴角的菸，就這樣含著菸說話。

娜蕊莎說：「咋樣啊，戴蒙？」戴蒙微笑摟了她。娜蕊莎跟羅勃的一些朋友很熟，戴蒙是其中之一。他們喜歡她的酒渦、笑容、溫暖與開放，會跟她交心，告白自己的祕密，她則守口如瓶。娜蕊莎坐在那兒簡直就是女性化的代表：雙腳交叉，腳趾有蔻丹，曲線玲瓏，卻隨便口吐髒話破壞自己的女性形象，男人們都笑了。

當時我在喝啤酒。那年那公寓裡到處是啤酒：流理臺上有裹著棕色絕緣套的冰啤酒，餐桌上有，沙發扶手上有，也有扶靠在大腿上的。那是二〇〇三年。我們根本瘋了，已有三位朋友意外死亡，而我們還那麼青澀，難以化解年輕卻死亡的事實，所以我們喝酒抽菸搞這搞那，這給我們一種錯覺，年輕就是救贖，某處某人會慈悲眷顧我們。一夜復一夜，天空陰沉窒息，我們坐在音響震天的汽車裡，大喝特喝純淨酒。表兄弟們把溫熱大麻雪茄放入嘴裡，大口吸，再把煙吐到彼此的嘴裡。我們想：這才叫活著。

娜蕊莎說：「這是我姊咪咪。」她朝我點頭，我拿著啤酒罐笑。

「嗨。」

我的啤酒走味變溫了，我還是照喝。想著：我很快樂。又想：原來這就是被赦免的滋味。

戴蒙在德萊爾長大。他很特別，是家中獨子，這還不算，他家還不是單親，他的父母仍在一起，都有穩定的勞工階級工作。他的母親在藥品包裝廠工作多年，後來戴蒙也去那兒上班。是獨子又父母仍在一起代表戴蒙擁有街區小孩欣羨的樣樣東西：游泳池，可調整的籃球架。即便在童年，戴蒙家都是我們人人想去的地方。我家小孩年紀太小又住得遠，無緣享受戴蒙父母的賞賜，年紀較大的男孩可是在他家的泳池一混就是一下午，在水裡扭打，直到渾身都是氯味，眼睛與皮膚灼熱。或者在密西西比熱氣裡，在戴蒙家的籃球架下渾身大汗投籃數小時。戴蒙高中畢業後從軍，四年後決定軍隊不是他的志向，返回德萊爾家鄉。

戴蒙是傳統定義裡的「討生活的人」（hustler），這是德萊爾男人（年輕或老）的必備條件。能夠養活自己的營生，他都幹，後來還養家。他邊做邊學，凡工作所需，他就學。他一度是木匠，儘管欠缺所需技藝。也有段頗長時間他在成衣廠工作，德萊爾人管那家叫T恤工廠，但是它不僅生產T恤，也出產化學洗牛仔褲，褲襠鬆垮、腿部又太緊。廠裡非常熱，電扇轉出悶風，更熱。他的最後一份工作是在老媽上班的藥品包裝廠。那是個洞穴一樣的房間，長長的生產線蛇行其間，把消化嚼片與愛露卡錠送到員工面前。員工包著塑膠帽、戴厚厚的塑膠鏡片與口罩。工作重複枯燥，把藥品裝瓶，旋上蓋子，裝到箱子裡，再放到棧板上。這可是海岸區最後一個像樣的工廠活，隔壁的玻璃瓶廠早幾年就關門了。灣區海岸的經濟在八〇年代尾九〇年代初產生劇變，許多工廠關門，海產業提供的工作機會變少。經濟惡化，密西西比州通過博弈法，讓遊船經營賭場。一般來說，這是從傳統製造業轉往服務業、觀光業。但是此區黑人傳統上欠缺上大學的資源，不符合行政人員的資格，最後還是當雞尾酒女侍、泊車小弟、門房或在廚房工作。能在工廠上班算幸運的。戴蒙在那家位於葛夫波特的藥品包裝廠輪值不同班，有時早上到下午，有時下午到黃昏後，有時夜班。多數時候我看到他，他都是一件破T恤搭配工作褲、靴子，用髮帶束緊雷鬼髮辮，免得捲進機器裡。工作連身褲與靴子就是他的榮譽徽章，每當我看到他身上沾了包裝工作的化合物粉末，就覺得他好像我那個在工廠間跳來跳去的弟弟，不忍直視。

戴蒙住在海水泡沫綠的房子，他阿嬤的，依據當年德萊爾的傳統，很可能是他阿公蓋給阿嬤的。快三十歲時，戴蒙的女友生孩子，他老媽便把這房子給了他。跟德萊爾多數老房子一樣，房子架在兩層或三層煤渣磚上防洪水。屋頂低，貼木，小小的廚房位在角落。戴蒙的房子位於一塊長形寬闊的邊角地。院子都是雜草，只有幾株樹木擁簇前門：一棵古老高大延伸的橡樹、一棵核桃樹，一棵不修邊幅的紫薇。屋前是裝了紗窗的木造前廊。起居室永遠黑暗，只有電視的螢光閃爍牆壁與我們的臉。餐廳通常沒人，除非是我們在老木桌玩骨牌與黑桃牌戲，廚房跟全屋一致，是棕色。浴室塞在廚房後面的角落，跟孩子房成奇怪的對角線。屋內其他房間連同另兩間臥房，都是依照長形屋設計，必須從一個房間進入另一個房間。

我從未從他的小孩房進去他跟女友的臥房，從那臥房又可以通往另一個房間，有時他女友的雙胞胎孩子會住那兒。我常想那些房間是不是跟前面房間一樣黑暗，封閉、褊狹，我想像它們一間接一間，延伸極遠，一間比一間更像洞穴，每一間都藏有後來會成為寶藏的東西：戴蒙抱著孩子微笑的照片、他的 Enyce 牌合身衣裳、依舊淡淡散發足汗味的 Timberland 靴子。在我的想像裡，那些房間無人，因為他們一切活動似乎都在前面。

我們這些年輕人住的地方，鬼魂遠比活人多，除了舊亡靈還有新死者。我想著戴蒙的阿嬤跟她的孩子究竟在那房子過著怎樣的生活。是否也跟我們一樣與亡者共存？他們是否也一口飲盡私酒，一如我們狂嗑啤酒、藥物與大麻，然後在昏暗燈光下醉眼迷濛看著彼此，盼著翻天覆地的改變來臨？雖然戴蒙的父母並未離婚，也都有不錯的工作，他的家庭跟我家並無太大差異，享有同樣的現實，死亡尾隨我們所有人。如果戴蒙家的歷史跟我家並無差異，這代表我們不斷重複活在相同的故事裡，一代傳一代？年輕黑人總是死亡，所存只有小孩與幾個老人，跟戰爭一樣？

那年夏天，我們決定在娜蕊莎的公寓做小螯蝦麻辣鍋[1]。羅勃跟住在鄰近的朋友借來大瓦斯爐與銀色大鍋子。就在小小的水泥後陽臺架起來，拉出一張塑膠桌、六張椅子。那是炎熱晃亮的一天；草木硬朗因為是夏天，過去一個月隔天便下雨。

羅勃拿出兩個冰桶，跑去這個季節專賣小螯蝦的海鮮鋪，回來時冰桶裝滿蠕爬的泥巴綠螯蝦。他跟娜蕊莎切調味料，扔進大到可以讓娃娃躺在裡面的鍋子，開始煮配菜。查琳跟她的男友C. J. 在沙發摟抱，要求我們一起看不知道看了多少遍的李小龍自傳電影《李小龍傳》。人們陸續到達，有的兩人結伴，有的一整車下來。羅格跟戴蒙在其中。抵達後，戴蒙坐到我們正在玩骨牌遊戲的小桌邊。一整個冰桶的啤酒出現了，幾瓶皇冠啤酒以及給女孩喝的水果味麥芽飲料也出現了。我們在屋內餐桌鋪上報紙，把煮得血紅的小螯蝦倒到桌面，剝殼、吸吮、咀嚼。我的嘴唇開始火燙，注意到吃的人都在吸鼻水，眼淚汪汪，嘴唇紅腫像罐裝醃豬嘴。戴蒙跟我、查琳、娜蕊莎坐在一起，遞飲料，問我都做些什麼。

「所以，妳都幹些啥？」

「我想成為作家。」

「都寫些什麼？」

「關於家鄉，關於街區的書。」

查琳說：「她都寫些超級真實的東西。」

1 Crawfish boil，是美國南方一種料理，以香料與辣料煮香腸與玉米，再把小螯蝦燙進去。

戴蒙問：「什麼意思？」

查琳說：「書裡會提到販毒的事。」

戴蒙啜飲了一口啤酒後說：「真的？」

我笑著說；「是的。」一口喝掉三分之一瓶啤酒。

查琳說：「都跟你說她寫街區的事啦。」

戴蒙說：「那妳該寫我的故事。」

我說：「是哦。」又笑了。回到家鄉，我經常聽到這話。我生命中的多數男人，不管是毒梟或循規蹈矩者，都認為他們的故事值得一書。以前，我總是一笑置之，現在我開始寫這些故事，發現他們所言有理。

戴蒙說：「會成為暢銷書。」

我說：「我不寫真實故事。」這是我對此類建議的標準答案。即便嘴裡這麼回答，我還是感受到其中的不協調。當時我正在寫第一本小說，我知道書裡的男生並不赤裸，並不真實。我知道這些角色失敗，因為我並未迫使他們承擔真男孩的現實，譬如戴蒙日日蒙受的一切。我太愛這些角色，做為創作者，我是仁慈的上帝。我保護他們免於死亡、毒癮，或者因偷竊四輪傳動越野沙灘車這類青少年蠢罪便遭判毫無必要的重刑。真實生活裡，我社群裡的年輕黑人男性都是上述事情的獵物，但是在我為他們虛構的人生裡，我盡力避免真實。我尚未學會不愛這些角色，正眼面對我所認識的南方年輕黑人男性的遭遇，誠實記錄下來。我尚未學會如何成為舊約聖經的上帝。為了逃避這些，我投向酒精。

我笑著說：「我考慮考慮。」戴蒙笑了。血管在高高的額頭中央搏動，眼角附近的肌肉縮緊成束。

羅勃一共買了八十磅小螯蝦，午夜時，他把剩下的螯蝦扔進鍋，關掉瓦斯火，大家進屋去，完全忘記鍋裡的螯蝦，睡著了。我們全醉醺醺，嘴唇紅腫，昏睡於沙發、地板跟床上。半夜兩點我醒來，飢腸轆轆，依然酒醉，跌跌撞撞到水泥陽臺，發現鍋子已經冷了，螯蝦浮腫軟爛浸在水裡，燒壞了。雨一直下，雨珠碩大溫暖。骨牌、桌子、椅子全濕了。我踏上草地尋找可能躲在盤子下、容器裡的倖存螯蝦，草地濕軟，我的腳下陷，每一步都是挫敗。我抬頭瞧瞧雨，放棄了，溜回房內，心想天亮就會有人收拾外頭的亂局，倒頭睡在外甥造訪娜蕊莎時睡的上下鋪。

那個夏天與第二年夏天，「幻象」是我們的夜店。它有過許多前身，曾是鄉村酒吧，接著是青少年俱樂部，再蛻變成黑人夜店，流行歌曲俱樂部。在卡崔娜將這間海邊物業夷成平地前，它終於成為我們親熱戲稱為「妄想」的黑人夜店。一樓有酒吧與擁擠的小舞池。二樓有撞球檯、酒吧跟一小塊可供照相的地方，掛著巨大的條幅，上面是噴漆畫的都會天際線，在我們這個狹長海岸低窪城市，可是見都沒見過。我跟表親們就在這條幅前拍照，拍立得照片的框邊還寫著「上天恩賜」。當店裡擠滿客人，牆壁會潮到出水，連玻璃都因汗水起霧。

那晚我開車到「幻象」，娜蕊莎在副駕座，約書亞最後一任女友塔莎則在後座咯笑。我們全香噴噴、樂昏昏，開心終於離開娜蕊莎的公寓，離開我們待了太久的戴蒙家，出來玩。我穿黑色衣服。戴蒙開車載羅勃跟在我們車後，那是一輛舊型的Z40跑車，線條流暢，底盤超低。我的前男友布蘭登已經在店裡等。查琳跟C. J.決定待在娜蕊莎的公寓看《阿甘正傳》，抽菸。到了「幻象」的二樓，羅勃對我們露出笑容，黝黑臉上金黃閃亮，然後給我、娜蕊莎與塔莎買「伴我走下去」，那是一種螢光藍的甜酒，幾乎是以吧檯後面所有的酒調製而成。我嚐不到酒精。大口吞下，等待酒精的舒茫感上身，近乎焦慮。我們跟羅勃、布蘭登站在吧檯尾端，羅勃嘴含雪茄，看穿著金色與粉彩色牛仔服飾、髮型僵硬的女人像亮滑的鴨子在人群中飄過，男人則依據自己所屬街區分成一群一群，拿著酒杯，輕捏女客腰部、握住她們的手腕，攔下她們，笑著說嗨。我瞧瞧眼前的人群，揣想他們的故事，某個清醒的剎那，我突然明白他們的故事就是我的故事，反之亦然。

戴蒙問：「妳們再來一杯？」嘴角扯出笑容。

娜蕊莎說：「好啊。」我點頭，塔莎也是。他給我們各買了一杯酒，滑過吧檯送到我們面前。清澈的塑膠杯摸起來冰涼，一直冒水珠。我喝了。當酒精入喉，我對戴蒙微笑，那是無聲的謝謝，戴蒙也微笑，說他很喜歡我的打扮。他的髮辮甩動。英俊、美好、迷人。女人主動接近他，在他的視線內晃來晃去，盼著他上前攀談、釣她們、說哈囉。他根本不必調情。人們自然被他吸引。如果他願意，他的談吐更會將你拉近一步，他有足夠魅力。如果他不想，臉蛋就轉為嚴肅，像緊閉的門窗，雙眼如窺視孔，在錯誤的一頭窺視你，遮蔽了一切。他是有脾氣的人。但是那晚他很溫和。

我吞下酒，很渴，冰涼的酒有股檸檬味。我在吧檯旁跳舞。娜蕊莎攬住我的肩頭一起跳。塔莎其實跳得比我們都好，只在那兒猛笑喝酒。一切開始變得霧茫：戴蒙臉蛋模糊，我跟娜蕊莎說我不舒服。我們一起去廁所。她佔了最後一間，我聽到她對著馬桶吐。我身體搖晃、喉嚨燒辣，不知什麼東西想擰緊我的內臟拉出來。慘斃了。

我說：「管他的。」彎腰對著已經堆滿的垃圾桶吐。嘔吐物辣黏。我能感覺樓下舞池音樂的貝斯聲震動整棟樓，穿透廁所的慘澹磁磚牆壁砰砰傳來。漂亮女孩進出廁所，拿紙巾抹拭額頭汗水，完全無視我。一個穿紫金色衣裳、細高跟鞋的女孩說：「寶貝兒啊，吐乾淨。」聽起來真安慰，我咕嚕嘔吐。嘔吐物濺在垃圾桶爆滿的塑膠酒杯。娜蕊莎走出廁間，突然間，我完蛋了，世界在旋轉，我抓住她的肩膀，跟著她走出廁所。之後，斷片了。

當我醒來，已經躺在自己車子的後座，在中央軟癱一團。娜蕊莎靠著我右邊肩膀，塔莎背對我，腦袋靠在前座椅背。布蘭登、羅勃、戴蒙聲音很大。我勉強張開眼睛，只夠瞧見他們站在兩扇敞開的車門旁，對著我們笑。墨西哥灣的海風清爽掃進車內，熱而鹹。我沒法動彈。

布蘭登說；「『陪我走下去』啊？還真是下去囉。」

羅勃說：「瞧瞧她們。」

我們全醉吐了。

塔莎喊：「不好笑。」我在酒醉昏迷中好想放聲大笑。就是這樣，不管發生啥事，每次大家湊在一起，他們總能逗我們發笑。但是我張不開嘴，只能聽戴蒙替代我笑。笑聲爽朗銳利，隨著風兒飄過停車場，傳到後面的「鄉野牛排館」，之後飛濺，像斷續的微風。我蜷曲身體。我希望整個世界變黑，不復存在。我只想昏死過去。也果真如此。

我們第二次在「幻象」碰頭是二〇〇四年除夕，一年後了，這次人更多。也是在那次，我們在「幻象」拍了照片，框邊有「上天恩賜」字樣，我的頭髮放下來，大而蓬捲，穿了一邊削肩的上衣，以及有銀色鉚釘的紅靴子，鞋跟像尖銳細薄的刀子。照片裡，我們醉了，都露出大大笑容。我們知道拍攝這種廉價照片真是俗不可耐，但是我們來自同個街坊、同個社群，拜把的，一家人，所以我們露出笑容。彎著膝蓋，翹起屁股，抓住彼此的腰。爛醉感傷。我愛死他們，因為他們還活著。

喝醉酒，我從不開車。比較清醒的表親、朋友或者妹妹會載我回德萊爾，那晚，我們四點抵達戴蒙家的院子。天空墨黑，星光如鹽粒。大家全醉了，嗨茫，坐在引擎蓋上抽 Black & Mild 雪茄。汽車音響播著歌，我們身上淌著混完夜店的汗水，爛醉，嚴肅，聊天。戴蒙拎了二十二盎司的啤酒穿梭車子間，談笑。

我倚著車子靠在表親布萊克旁，跟他輪流分享一根我沒抽過的雪茄。戴蒙問我：「妳嗨了一整晚，是吧？」那雪茄強到不行，搞得我暈眩激動，我喜歡那感覺，卻沒喜歡到想抽第二口。抽著喉嚨痛。

那是蟲鳴悸動的夜晚，低低的斷奏聲。我對戴蒙微笑，對所有人微笑。這世界所有地方，我只想待在這院子，靠著車子，看著屋內燈光開開關關。僅有的一盞街燈在一條街外，我們得睜大眼努力在黑暗中看清彼此的臉。

戴蒙朝一輛車窗探頭說：「嗨，老兄，開小聲點。」車裡坐了我的兩位表親。他沒等他們回應便轉身離開，髮辮甩搖。他喜歡派對，但不希望郡警聽到音樂聲繞過來，也不希望鄰居抱怨。不僅因為他是個負責任的人，也因為過去數個月，他努力躲開這個毒品肆虐的社區裡難以避免的青年厄運，那就是人人都有表親或朋友在販毒，也有年長表親或朋友是癮君子。戴蒙是某個槍擊案的目擊者，答應出庭指證凶嫌。那槍擊案發生於德萊爾的一個假日。他也同意出庭指證某個在此間做生意的非本地藥頭。第一個出庭案完全出自良心。第二個則是藥頭被攔下時，他正好也在車上，出庭是為了自保。這兩件案子讓他心頭沉重，沒有犯錯空間。

我的表親們翻翻白眼，說：「去他的黑鬼。」沒降低音量。太陽上升，把前院洗成銀河色，然後變白，我們一一返家，輕輕打開家門，踮腳走進屋內，倒頭死睡，而後太陽燃燒高掛，社區居民開始日常活動。夜裡發生的那些事兒像是偷來的，只存在於他人在沉睡或工作那幾個模糊小時。我們像牆壁夾縫裡的蟑螂爬過時間，完全無視什麼時辰與什麼地方，因自己仍活著而愚蠢開心，焉知我們的所作所為正邁向死亡。

二〇〇四年二月二十六日，戴蒙值第三輪，夜班，下班前打電話給羅勃，說到家會打電話給他，或許他們可以一起開車到葛夫波特的二十四小時營業藥房，再到沃爾瑪超市給他女兒買尿片。

換作別的夜晚，戴蒙下班後會開車到德萊爾，轉進聖史蒂芬路尾，停在羅勃老媽家側邊的車道，羅勃會閃出來，鑽進這輛醬紫色兩門轎車的副駕座，開始跟戴蒙聊天，他們會往北開到羅北路，夜空下兩旁松樹覆蓋，動物密藏，之後轉上州際公路。那個時間葛夫波特街頭應當空蕩蕩，只見連鎖商店、速食店、兩層樓的旅館、霓虹燈、地上濺了黑黃油漬的停車場、停車場後方綿延的松樹，還有分散到小區的平房屋舍。戴蒙的車子會是少數在停止行進標誌下怠速的車輛，然後在加油站加油，停到沃爾瑪超市入口旁，把雪茄菸灰從車窗彈到瀝青路面。那天會跟其他夜晚一樣，朋友的陪伴紓緩了戴蒙站著工作一整天、重複相同動作的疲累，但這不是平日夜晚，因為戴蒙沒出現在羅勃家前。

後來，戴蒙工廠的警衛室傳出此說，有輛卡車在工廠大門鬼祟出沒，有人在觀察第二、第三班工人交接的車輛出入。戴蒙下班後沒直接去羅勃那兒，而是先行返家。羅勃等他等到睡著。藍色臥房裡，電視螢光讓他沉入夢鄉，在他身上撒下鋁色閃亮碎粒，他沒醒來。戴蒙附近人家以及對街鄰居也沒醒來。當有人走出樹叢來到戴蒙家門前，朝走向門口、渾身疲憊、汗珠變乾、想要沖個澡或者來杯啤酒的戴蒙開槍，他的未婚妻與女兒也沒醒。幾個小時後，在戴蒙那個有如洞穴的家，他的未婚妻醒來，發現床畔冷清，朝外望，瞧見他的車子。她走到前廊，小小的腳板讓木板吱嘎，看見有人睡在草坪上。誰在院子裡睡覺？那是戴蒙，髮辮散在臉龐旁，面容僵硬，眼睛大睜，胸膛血紅；除此之外，他看起來就是在睡覺。她趴倒在他身上，放聲尖叫。

大約第二天上午七點，查琳接到電話。我們真的有所謂「電話樹」，不論清晨或深夜，第一個接到訊息的人會通知第二個人，第二人通知第三人，第三人通知第四人，以此類推，通知到了羅勃，他通知娜蕊莎，娜蕊莎通知查琳，查琳通知我。那時我正在老媽家度春假，睡覺，無夢。查琳走進我的房間，打開燈，沒有廢話，直接說：「咪咪，戴蒙被槍殺了。」我聽見她的話，遮住眼睛，嘆大氣。死亡衝向我的全身，宛如夏日第一次跳進仍蓄積春日冰水的河。

我說：「什麼鬼！」

查琳單腳輪流跳。

我說：「發生什麼事？」

查琳說：「不知道。可能跟毒品有關。你知道他要出庭指證那個紐奧良來的人。」

查琳爬上我的床，轉身面對牆壁。如果她在哭，那也是無聲，我感覺不到她的背部與腹部波動。我整個人貼向她，一手繞到她的肋骨，摟著她，好像她仍是小寶寶，好像她還在脫離嬰兒肥蹣跚學步，而我是那個兩腿抽風長的八歲女孩。她睡著了。我的手臂隨著她的呼吸上下浮沉。我感謝她仍在呼吸，儘管我內心想吐，因為不管是啥東西，它正在一個個幹掉我們。我心想，瘋了，它不會停下來，不會。

四個小時後我醒來，眼睛紅腫，因哭泣與睡眠而眼縫沾黏。我套上一件長袖運動衫，載查琳到戴蒙家跟娜蕊莎會合。路上，我不斷重複播放同一首歌。停在路邊，深刻感受年輕時，生命曾允諾我不同東西，人生不會這麼困難，我的親友不會連串死去。心想我才二十六歲，厭倦到頂。

我們坐到戴蒙的未婚妻身旁，她跟我同年，已是寡婦，她的臉浮腫，黑膚上有紅斑點，香菸一根接一根。

她說：「我什麼都沒聽見。什麼都沒。」

好像她沒聽到槍聲，槍擊便不可能發生。當時我不知道警方只會調查數個月，在靠近州際公路的當地加油站貼標示，徵求戴蒙謀殺案的線索。我們不知道謀殺者的面目將始終不為人知，就像沼澤區裡不留蹤跡的大野狼，警方的追索將一無所獲。

戴蒙死掉那天，我坐在他家門的水泥階梯。太陽下山，躲在戴蒙家屋頂、群聚如女巫的蝙蝠從通風口大舉竄出，黑壓壓成群尖叫沒入夜色。以前我們停車、喝酒、嗨茫的戴蒙家前院，現在松樹與松樹間拉了黃線，圍住含羞草，上面寫著：**小心**。娜蕊莎抽菸，對著清冷的空氣噴吐菸雲，嘴角皮膚乾燥，而我想著究竟是誰從暗處走出，槍殺了戴蒙。儘管我知道躲藏在抖動樹叢裡等待的是人，依然很想轉頭問娜蕊莎：妳認為那是什麼？是什麼？

傷痕累累的我們

一九八四—一九八七

老爸、老媽、約書亞、娜蕊莎跟我從大田野上的小房子搬到德萊爾，那個是橫向只有單間房、奶白與黃色的狹長活動屋，坐落在一條此路不通的紅色泥巴路尾端。路兩旁是樹林，但是路尾擁簇幾棟房子，每棟房子裡都有我後來終生為友的男孩。那年我七歲。約書亞、我跟那些男孩成天玩，有時拿老爸掛在前院山核桃樹上的練拳沙包盪鞦韆，有時玩泥巴戰、到路中央賽跑，或者到馬路更尾端處的姑姑家摘還沒熟的梨，摘得超多，吃得超多，搞到生病了。我以為我的父母多數時候很快樂，現在想想，是我的快樂蒙蔽了我。

有天老爸牽了一輛摩托車回家，三葉牌忍者，嶄新，紅黑兩色，閃亮。

老爸說：「離它遠點，不准玩。」

我問：「你的？」

老爸說：「對。」然後他蹲在我身旁，指著他擱腳的金屬條，金屬條旁的機械有些銀色零件，說：「瞧見那個些東西沒？」

我點頭。

「它們會變得很熱，會燙傷妳。所以妳不准玩。」

我說：「遵命，您啊。」父母教導我們對他們說話要用敬語，當他們下達命令，我們得禮貌服從。

老媽很安靜。把鼻梁上的眼鏡往上推，是那個時代流行的大厚框，佔據了大半張小巧漂亮的臉蛋。她哼了一聲，嘴角皺起，看也不看，走回屋內，砰地甩上門。我們在院子看老爸搞弄那輛摩托車，他拿棉布擦拭全車，打亮金屬部分，聆聽摩托車冷卻下來的輕微滴答聲，之後我們跟著他進屋，老媽在煮飯。她沒跟老爸說啥，她的背影就是緊閉的門扉。我還是孩子；有太多事不懂。我不知道老爸拿了儲蓄基金的錢買車，老媽堅持那筆錢要拿來買地。我也不知道老爸的老爸大傑瑞雖被視為花花公子，卻極端愛護孩子，他跟老爸說：你老婆跟小孩是要怎樣共騎該死的摩托車？

老媽說：「去洗澡。」我們遵命。

過了一年多，把活動屋租給我們的鄰居決定改租給親戚。我們搬到德萊爾另一頭跟朵拉絲外婆住。那年我八歲。那是我媽長大的房子，也是她幾個手足誕生的地方。是個木頭外牆的長條屋，因為蓋在山丘上，屋子架得低，前面只有兩條煤渣磚墊高，屋尾三個。原本它有個寬敞的起居室、一個小小的餐廳、兩房一衛。外公為了一個女人拋棄外婆後，她獨自扶養他們的七個小孩，加蓋了兩間大臥房跟一間浴室。外婆在外公留給她的基礎上擴建，生存下來。

這是我們社群常見的反覆句，我家尤其是，我一直認為我家算某種女家長制，因為母親家族的女人維繫了我的核心家庭、直系家庭與延展家庭。這並不罕見。可是以前不是這樣的。昔日，天主教堂是我們社群的強大力量，幾乎沒聽過離婚這種事，男人不會拋妻棄子。到了我祖母那一代，情況改變了，六〇年代起，人們開始離婚，原本女人期望結婚生子，另一半會幫忙，現在卻沒了。她們得像男人一樣工作，盡力拉拔孩子，前夫與別的女人發展感情，再婚又離婚，或許在尋找南方黑人男性沒有的自由與權力吧。如果公共場合，沒人敬稱他們為「您」，至少愛他們的妻兒會敬畏仰望。他們到哪裡都被貶抑，家裡除外；也是在家裡，他們顛倒典範，貶抑那些被他們掌握的人。結果當然是女人被貶抑到極點，發展出非同常人的堅韌，獨自撐起家庭責任。我的外婆就是如此。

當我們搬進外婆家，我老媽的所有手足、他們的孩子跟我們全住在屋裡。一共十四人：我四個未婚的舅舅、兩個阿姨，以及她們的獨子，加上外婆、我爸、我媽、約書亞、娜蕊莎跟我。舅舅們睡在兩間較小的臥房，一間兩人，外婆睡在後面那間有浴室的大臥房。兩個阿姨住在後來才加蓋、位於屋尾的大臥房，那房間大到可以放兩張雙人床，兩個阿姨跟兒子睡一張。房間角落還塞了個上下鋪，我跟老弟睡那裡，我上鋪，約書亞下鋪。老爸老媽在餐廳掛上門簾，把餐桌推到儲藏室，搬進自己的雙人床，跟娜蕊莎一起睡，一九八五年，查琳出生後也睡那兒。那兩年，我最愛的人都生活在一個屋簷下，對我們這些小孩來說，簡直再棒不過，但是對大人來說勢必是龐大壓力。那是形勢所逼，是雷根政府在八〇年代的政策斬斷了貧窮階層原本就搖搖欲墜的經濟根基，窒息了毫無生氣的南方，迫使我們都擠進外婆的房子。

⁂

我們搬進這棟歪斜、搖晃的木屋時，我已經愛上閱讀。我想我對書本的愛源自我必須逃避自己降生的世界，遁入一個言語直接、坦率，善與惡均能以文字清晰勾勒的世界，那個世界裡，女孩強韌聰明有創意，卻又笨到自信可以與龍戰鬥、逃家住進圖書館、成為小間諜、交到新朋友、建立祕密花園。或許我在那個世界比在自己家中容易找到方向。我的父母在餐廳改裝成的臥房激烈低聲爭論，吵架完，老爸會消失，跑到基督徒隘口鎮祖母家，一住數星期才回來。或許徜徉於書本世界遠比活在一個什麼都沒有解釋的世界容易得多，後者，我無法分辨善與惡。那時外婆一天在工廠工作十小時。老媽在旅館當女傭。老爸仍在玻璃工廠上班，跟我們住時，經常騎上摩托車便消失。我最年輕的舅舅在讀高中，其他舅舅在上班，阿姨們也是。家裡經常只有我、約書亞，跟阿姨睡在後面房間雙人床的艾爾登，還有一個輪休時待在起居室瞪著「公共電視臺」的舅舅，那是我們僅有的兩個頻道之一。有時我兩個阿姨會在廚房揮汗照看跟我軀幹一樣大的鍋子，裡面滿滿的豆子噗噗翻滾，或者設法變出給全家吃的小麵包。她們會說：「到外面玩。」所以我暫時扔開書本，跟艾爾登、約書亞到外頭玩。

我想成為自己版本的女英雄。沿著三五七街的一排房子後面森林蔓延。我曾跟著大表哥艾迪穿過那個林子，一直走到間隔掛著告示的鐵絲圍籬：**德萊爾森林，杜邦財產，禁止進入**。鐵絲圍籬後的物業一路沿著海灣往上到我家後面，又一直往下延伸到我的小學。七〇年代，杜邦申請在德萊爾蓋工廠，保證給當地人帶來許多工作機會，議會通過後，杜邦租了大塊地蓋工廠，還留下足夠林地做為工廠與住家的緩衝。我跟著艾迪表哥走到圍籬，他拿著來福槍翻過圍籬沒入黑暗，那年他十二歲吧。他是去獵兔子、松鼠，任何成為他的彈下亡魂、又能補充些許肉的野味。我既想跟他一起去又害怕。林子看起來可愛又邪惡。進入林子是嚴格禁止的。

當我跟約書亞、艾爾登一起玩，我想帶他們進入那個林子，像《通往泰瑞比西亞的橋》（*Bridge to Terabithia*）裡的角色一樣探索森林。但是我沒有。我們三個只是在後院的棚屋附近閒逛、青蛙跳過化糞池蓋、滑一滑濕溜的斜坡，那兒原本是自流水井，現在緩慢滴流，在後院林子中央形成一個泥塘。我們探索曾姨婆家的後院。她就住在隔壁。那兒有大片松樹。松樹下是長滿草的泥地，以及被颶風推倒、上面都是刺的樹樁與樹幹，棕色樹皮剝落。

我說：「我們即將有自己的地方，要給它取個名字。」

艾爾登說：「要叫它什麼？」

我瞧瞧他倆。都是五歲，比我小三歲，也比我矮。腦袋大到與脖子不成正比，頭髮是細砂色，一雙大眼睛。約書亞膚色較淡，艾爾登較黑，都穿了看起來像足球隊球衣的緞面網紗短上衣，搭配卡其短褲，金屬拉鍊很粗，好幾次我協助他們穿衣服都被拉鍊弄傷手指。他們很依賴我，也秤不離砣，一個走，另一個鐵定跟在後面。此刻，他們都跟著我。我會找到我們的地方，我們的小世界。

我說：「孩童地。我們叫它孩童地。」

約書亞說：「孩童地？」他的發音像「矮桶地」。

我說：「是啊，孩童地。就是孩童……的地。因為那會是我們的園地。我們的國土。」

艾爾登說：「耶！很棒。」

約書亞說：「我喜歡。」

我領著他們進入林子。倒下的樹幹是馬與城堡。樹枝是劍與敵人。我們打起仗來。跑啊。約書亞撞到樹，刮得青紫。我喳喳叫，拿T恤擦拭，對著傷口吹氣。

他說：「痛。」

我說：「沒事的。」

約書亞相信我。淚汪汪的眼睛乾了。聳肩，沒碰傷的那條腿微微跛跳，準備更激烈的遊戲。我真的感到驕傲。

我還是不滿意那個名字。聽起來太平凡了，不像泰瑞比西亞聽起來神奇。但是我很開心能有孩童地、能有一個家、能有約書亞與艾爾登兩個好戰士。我多少有點志滿，好像我已經踏出第一步，要做驚天動地的事，要成為書中那樣的女孩。

真實生活裡，我看看爸媽，隱約明白做女孩比較累，男孩輕鬆得多。男孩可以買摩托車、騎摩托車，來去隨心所欲，打赤膊站在街角跟另一個男孩聊天說笑，遞啤酒抽菸，散發酷味。同時間，我所知道的女人即使不上班時也在工作：燒飯、洗成堆衣裳、晾衣服、打掃房子。根本沒時間鬆弛一下做自己。那時，我便隱約感覺約書亞與我有性別差異，世界對我們期望不同，我們能做的事也不一樣。對我來說，這些差異化約成一個實物：香菸。

我懂得讀包裝，知道舅舅們抽的是「酷牌」（Kool）。對我來說，它具體象徵男性特權的酷與閒。當約書亞、艾爾登、我，以及表親雷特從大人手中收集到足夠零錢，就會跳上腳踏車，騎上一哩左右，來到田野上的棚屋雜貨鋪。老闆是白人。當我們仔細挑選想買的口香糖（一包）、洋芋片、飲料（一罐）、糖果，我常覺得他們在死盯我們。兩塊錢能每樣都買。如果錢不夠，譬如只有一塊錢，選擇便小得多。通常約書亞與艾爾登選糖果，散裝糖與「現在與未來」糖，雷特選洋芋片與飲料，我選糖果跟口香糖。我最喜歡的糖果是香菸糖，回家路上就邊騎腳踏車邊抽：我喜歡的品牌菸頭部分有細粉，當我把糖果香菸濾嘴放進嘴裡一吹，薄粉飛揚如海面泡沫。

有一天，某個舅舅抽菸，抽得快，還剩四分之一根就扔到泥巴地上，然後去街尾。陽臺沒人，阿姨們在屋內靜靜，泥巴院子裡只有我們。我爬到車子底撿起他扔掉的菸，還是溫熱的。我捏著濾嘴，菸頭朝下，走向約書亞跟艾爾登。

我說：「你們，來呀。」

他們站起身隨我繞到屋後，站在屋牆與化糞池的水泥石板間。

我說：「我們來抽這根菸。」舅舅的那種自主性與自由，我也想來點。

他們乖巧點點頭，五歲小孩還能怎樣？我用力抽那菸，沒用。我還沒來得及遞給艾爾登，他老媽從浴室窗戶聽到我們的對話。我們就站在正下方。

她高喊：「咪咪，艾爾登，約書亞，給我進來！」

我們扔掉香菸，魚貫進入屋內。兩個阿姨坐在廚房桌邊。

「你們搞什麼？」

我沒說話。

「你們給我在抽菸？」

我說：「沒。」突然驚恐，胸口火燙。

另一個阿姨說：「別說謊。你們剛剛是在抽菸對吧？」

我說：「是的。」慘斃。

艾爾登老媽說：「我從浴室窗戶聽到一切。你們幹嘛這樣？」

我說：「我不知道。我看到菸就撿起來。」

她說：「不准再抽。你們沒必要抽。」

「保證不再犯，我就不告訴你們老媽。」

我們全點頭：「好。」

她們打發我們出去玩。我如釋重負，知道逃過嚴懲。那晚老媽給約書亞洗完澡替他擦乾，他跟老媽說：「咪咪跟艾爾登偷抽菸。」老媽叫我進浴室質問。我供出阿姨們的話。她很氣她們不曾告知她這件越軌事。我希望老爸在家，但是他出去了。阿姨跟老媽講了實話，老媽並未就此收手。她狠狠抽了我跟約書亞一頓，處罰我們整個週末只能待在後面臥房的上下鋪，那可是大夏天，那房間黑得跟洞穴一樣。我們可以出來吃飯上廁所。其他時間，我們睡覺、低聲聊天，我閱讀，有時讀給約書亞聽。在我們受苦的時候，艾爾登在外面咯笑玩樂，阿姨對他比較寬厚。約書亞跟我看著艾爾登的影子閃過百葉窗與窗簾，還有山核桃樹與松樹。我簡直恨死了：就算懲罰，有些男孩也比較輕。

但是多數星期六早晨，大人是不管我們的。整棟房子屬於我們，六點起床，我們便溜進起居室打開電視觀賞週六上午的卡通。起居室剛鋪了深藍色地毯，我們一躺數小時，看《藍色小精靈》、《海底小精靈》、《湯姆與傑利》、《小奇兵》以及《樂一通》的角色。我們最喜歡的是《卜派》。那是在紐奧良的攝影棚拍的，「卜派」速食連鎖店會邀請「白人小孩」上節目，坐在看臺上，裝了炸雞、圓麵包的油漬小紙盒小心擱在腿上，同時間主持人介紹卡通。我簡直餓到胃微微燃燒與刺痛。

我說：「我去弄點吃的。」每週六，我會拿個梯子爬上去打開櫥櫃，拿出「婦嬰營養計畫」（ＷＩＣ）發送的玉米片跟奶粉，依照指示沖奶粉，倒在半加崙的水壺，給大家弄玉米片牛奶，站在起居室門口邊看電視邊吃，因為誰膽敢在起居室吃東西打翻，就等著挨棒子。玉米片吃起來不對勁，不對，是牛奶。它不像我們在店裡買來的鮮奶。還沒搬進外婆家，老爸還有像樣工作時，我們買得起瓶身冰涼潮溼的一加崙裝鮮奶，我喝過。老爸在玻璃工廠貼錯標籤搞丟飯碗，從此工作一個換過一個。有的星期六，我會給牛奶摻點糖，以為它會喝起來像鮮奶。並不。但至少是甜的。約書亞、艾爾登、娜蕊莎跟我就這樣吃混了玉米片、濕糊糊的爛東西，還是肚子餓。每個星期六，我們瞪著《卜派》裡的那些健康肥胖雙頰粉紅的金髮小孩，播放卡通前把指頭圈起來在臉上做成望遠鏡的樣子，大叫「放片啊」，炸雞紙盒滲出的油漬把腿都弄髒了，而我們吃光碗裡的東西，拿湯匙死命刮碗底，喝光壺裡最後一滴摻糖的奶，玉米片在可憎的胃裡分解成泥時，我是多麼恨他們啊。

失業時，老爸會陪我們。他最喜歡的電影是《最後之龍》（*The Last Dragon*），一看再看，連我們都會背臺詞了。我們就在餐廳改裝的臥房搬演這部電影；老爸是當然大師（Sho'nuff），約書亞是李洛．葛林，我是蘿拉．查爾斯。似乎老爸在家時，老媽就不在：我沒看過他們在同個房間。我知道不對勁，卻無法明確表述。有時老爸會讓我們跨坐摩托車，我跟約書亞像小猴一樣掛在他背上，他載我們在德萊爾、基督徒隘口鎮四處逛，小小的柔軟腦袋掛著耳機，上面還有頭盔的重量，耳裡放送王子的〈紫雨〉（*Purple Rain*）歌聲，來自老爸綁在腰間的卡帶機。有時覺得我當時就該明白他想講什麼，大概是：我是男人，我年輕，英俊，充滿活力，我想要自由，但是我沒明白。幾個星期後，老爸在基督徒隘口鎮的生蠔工廠找到工作，薪水比玻璃工廠少得多。不上班時，他會穿上當年在玻璃工廠時買的昂貴騎車皮夾克，長長的黑髮往後梳成辮子，來趟海岸公路之旅。我不知道他是騎車去找他的眾多女友，她們也跟我們一樣跨騎在他的車後。我不認為他告知這些女友他已經有了妻兒。有一天他下班提回一桶五加侖的新鮮帶殼生蠔，我也不知道他心頭想的是這些女人還是我們。他站在後院給生蠔剝殼，還穿著黑色長筒橡皮靴與連身工作服吃生蠔，夕陽西沉，剛洗好的床單在他背後飄飄。

我問：「我可以吃一粒嗎？」

他說：「妳不會喜歡的。」

「我只想試試看。」

他說：「妳吞下去時，牠們還是活的。」

「你是說牠們看得到自己滑下喉嚨？」

他點頭。

「還想試嗎？」

我想試，因為他說我辦不到。我想要他以我為傲。我想要我們兩人站在後院，在暮色中吃生蠔，永遠。

「是的。」

他挑起生蠔殼，手腕輕輕一轉，殼便翻開了。生蠔的肉灰中閃銀，中間有條抖動的紫痕，老爸將牠剝離殼。

生蠔就放在刀刃上，老爸拿它當湯匙，遞到我面前說：「來吧，張嘴。」

我張開嘴吸進生蠔，又暖又鹹又濕。我想像牠在我粉紅色的口腔內窒息，絕望瞪視黑暗的喉嚨內壁。我含在嘴裡思考。

老爸說：「別吐出來。」他腳邊麻布袋裡的生蠔抖動，發出碰撞聲。他說：「別吐出來。」

牠太溫熱，牠是活的。

「吞下去。」

我宣判生蠔死刑，吞了下去。老爸露出滿意神情。

「妳喜歡嗎？」

我討厭那味道。搖搖頭。老爸笑了，牙齒雪白，但伴隨太陽下山，色澤漸暗。他把刀子再度插進生蠔殼縫隙，剝開牠，小心用刀刃平衡生蠔肉，遞到嘴邊，吞進去。我左右腳交換站，拿粗礪的腳底板摩擦小腿肚。心想他怎麼不會割傷自己，他怎能這麼漂亮、高大、令人難忘。

我八歲生日沒有派對。前一年，爸媽幫我在外婆家辦了一個超氣派的生日派對，我面前擺了一個彩色大蛋糕，所有表親都圍著我唱〈生日快樂歌〉。那天我穿紫配白的夢幻洋裝，生日禮物是薰衣草色長座椅的腳踏車。第二年，爸媽手頭緊。生日那天，他們陪我走出外婆家的廚房門，從我家後車廂撈出一條跟我脖子一樣粗的藍白繩子。我困惑不解。老爸笑了。那繩子非常長，大約有車道兩倍長。

老爸把繩子捲掛在肩膀，夾在腋下，好像一件漂亮的厚外套，然後爬上遮蔭整個屋側的大橡樹，這樹的烏黑樹枝橫跨屋頂，老爸抓住其中一根大樹枝，就沿著它往前爬到中央，解開繩子，在樹枝上綁了一個粗結，拉拉繩子測試，確定它撐得住，便把繩子另一頭也綁成粗結，拉拉看，放下來，就變成一個很長的鞦韆，起碼三十呎長，用粗大繩子做成，連大人都可以坐，沒有木頭座椅也很舒服。

老媽說：「生日快樂。」手放在我的頸背；她的手很粗，因為經常揉搓床單、床罩、毛巾、接觸旅館清潔工用的工業清潔劑。好多年後，她跟我說幹那份工作慘透了，不僅又累又沒完沒了，女同事還一天到晚說她跟老爸的閒話，明擺著對她刻薄，婊得很。

老媽問：「喜歡嗎？」雖然只有八歲，我也知道她很難過沒法給我更多，如果還原這個生日禮物，它只是一條繩子。

我說：「我喜歡。」真心的。我坐上鞦韆，老爸推了我幾分鐘，然後進屋。我雙手抓住繩子引身向上，兩腳緊緊夾住，使盡全身力量，一直爬到最上面，摸到老爸幾分鐘前跨坐的樹枝。我最起碼離地三十呎，好高，心臟亂跳。我眺望屋頂、院子、鄰居的醬紫色營地小拖車、街景，以及神祕的樹林。我很自傲能毫無畏懼爬樹。

事實上，我根本不怕，那個夏天與冬天，有時我會夾緊雙腿爬上樹，一待數小時，眺望世界。爬繩子到頂端，我覺得似乎跟父母更親近了，其實我們的距離再遙遠不過。有時如果我耐心懇求，甜言蜜語，就會有個舅舅幫我把鞦韆椅子拉到頭頂那麼高，然後放開手，我整個飛過庭院，抓繩的兩手指節發白，亢奮。

爸媽努力挽救婚姻，有時會把週末空出來給對方，就讓住在隔壁鎮上公寓的朋友做保母，她經常照顧我跟約書亞。從大人的談話，我知道她老公家暴，我知道家暴不對。我之所以能清楚分辨家暴是壞事，是因為有一次老媽整個家族帶著霰彈槍，開車到基督徒隘口鎮找阿姨的家暴男友，站在門口大街上警告膽敢再動她一根寒毛就宰了他，那人從此不敢打我阿姨。

我九歲、約書亞六歲時，有一次這位長輩跟約書亞打賭他不敢喝辣醬，約書亞喝了。他一向鐵胃，曾跟我打賭吃了狗食。

她說：「等你噗噗，屁眼就會辣到燒起來。」

約書亞看看她，微笑，牙齒整個紅的。呼吸散發塔巴斯科辣醬的味道。

他說：「不會。」

我大感佩服。她把辣醬瓶遞給我試試，我拒絕了。有時約書亞帶頭我追隨，我知道這次是他做老大的時刻。她給我們做了烤起司三明治，拿塑膠杯裝紅色酷愛飲料給我們喝。約書亞跟我狼吞虎嚥，光腳在公寓內外奔跑，跳下階梯，跟流浪貓玩耍，檢視停車場裡的大垃圾桶。難聞死了。有時人們垃圾沒扔準，就在桶子旁發爛發臭。

有一天，這位長輩說要拜訪樓上鄰居，留我們在樓下看電視。我有點分心，或許想再吃一塊烤起司三明治，所以我爬上樓，發現公寓門沒關。裡面很暗，牆上掛了彈性天鵝絨做成的藝術品，窗玻璃鑲嵌了線條，看起來像掛在牆上的大理石。住在裡面的夫婦是白人，跟那位長輩坐在小餐桌前，桌上有面鏡子朝上。白人男子拿剃刀切鏡面將白色粉末分成條狀。他彎過身吸，好像吸鼻涕，好像在清鼻孔，頭髮垂到臉上。那位長輩抬頭看見我站在門口，說：「咪咪，下樓去。」我聽話下樓。不知道他們在幹嘛。不明白我看到的是有些走投無路的困頓大人希望有個擺脫自我的片刻。也不知道這種需求會一路跟隨我的那一代到成人。

那年，不知爸媽是如何想方設法的，我們還是過了聖誕。節日前幾天，外婆就開始煮，大鍋海鮮秋葵濃湯，自製小圓麵包、山核桃與地瓜派。起居室爐火太旺，大人得不時出門呼吸清涼空氣，輪流玩鞦韆，另一個幫忙盪。那晚我跟約書亞睡不安穩，他很興奮，不知道會拿到什麼禮物，我因為已經九歲，一心只要十段變速的腳踏車，不知道我的苦苦哀求有沒有用。如果有用，那可是奇蹟。當我好不容易入睡，夢見郡警到家逮走老爸跟舅舅，打入大牢。夢裡我一直哭，醒來時，臉蛋溼漉。我不知道那晚為何做那樣的夢；就我所知，老爸跟舅舅們並未偷雞摸狗或涉入不法。長大後，我知道他們沒有。現在我明白他們只是男人，只是喜歡喝酒抽菸週末鬧點事的混混。但是那時我還小，經常聽到外婆擔憂兒子被警察攔查、搜身，只因他們是黑人男性；或者跟白人男性在酒吧吵架，白人無罪釋放，他們被控攻擊罪。當老爸不在家，不知所蹤，我便看到老媽嘴角抿成直線，聽到她擔憂老爸騎車出事，被逮進牢裡。在我的九歲敏感心靈裡，黑人男性的麻煩就是警察。身為黑人男性，輕鬆也艱難；擁有較多的自由，也容易被剝奪。但是當我從夢裡醒來，叫醒約書亞，踮腳進入父母的臥房，吵醒他們，要求拆開禮物，一輛紅色十段變速腳踏車神奇出現在起居室角落，我便幾乎忘了那個夢。

⁂

老媽應該是叫我跟約書亞坐下，可能坐在五年前老爸跟她求婚的起居室沙發上。他們在生了兩個孩子後結婚，又有了兩個小孩後，決定離婚。

「你們的爹地不會回家了。他走了。」

她沒說離婚。我們不可能了解這個詞。但是第二天發現老爸從前一日上班後就沒回來，約書亞跟我的瘦小胸膛明白了：爹地不會回家了。他走了。以後，不會再看到他在後院釘兔籠，我擠在屁股後面，說要幫忙拿釘子或木板。也不會再看到我奮力爬上鞦韆繩子頂，想要他以我為傲，摸著樹枝對他大叫「你看！」

後來我知道是老媽叫老爸走人，她發現了老爸的新女友，最年輕的那個，是老爸玻璃工廠同事的女兒，認識時，對方才十四歲。她暑期在那打工，同年老爸被開除了。當老爸丟了飯碗，轉到生蠔工廠工作，老媽才發現這件出軌，知道他永遠不會改變，他們的愛情注定沒前途。老媽那時已經懷了第四個孩子，也是我最後一個親手足——查琳，但是約書亞跟我都不知道。

老媽宣布離婚消息後，我回到跟阿姨共用的房間，躲在約書亞睡的下鋪哭泣，不哭時，就讀我從學校圖書館借回來的新書，震驚父親離去帶來的背棄感，彷彿他拋棄的不是妻子或家庭生活，而是我。小孩經常將父母的離異歸咎自己，我也不例外。

約書亞則奔到院子。那是夏天，很熱。他繞著屋子跑，一圈又一圈，哭喊爸爸。

舅舅阿姨們衝出去抱住他，摟著他扭動的身軀，叫他停止，但是他哭得更大聲，在他們的臂膀裡掙扎。他已經六歲，個子抽長，一度金色的爆炸頭現在剃短，身體壯得很。他們放開他，他馬上又開始奔跑哭泣。繞著房子跑啊跑，足足數小時，直到跪倒地上才停，哭聲轉為啜泣呻吟，就這樣低著頭在泥地上睡著。舅舅把他抱進屋內，我讓他跟我躺一床。

沒多久，老媽申請「第八條款」，那是政府資助的住屋計畫，我們在密西西比的橘叢鎮找到房子，是個破落不堪的郊區，跟原來住家離了兩個鎮。老媽跟外婆說我們要搬出去住，雖然我已經大了，走以前還是去孩童地繞了一圈，希望喚回昔日的神奇與信念，但是不能。

搬家前的那個夏天，我慫恿艾爾登、約書亞、娜蕊莎到面對馬路的水泥前廊，坐到搖椅上玩我們最喜歡的遊戲：**那是我的車**。娜蕊莎那時已經兩歲，坐得直也有足夠專注力。遊戲規則很簡單：我年紀最大，由我指定每人一個號碼，之後，我們坐等與號碼相對的車子經過。

我的手輕按娜蕊莎說：「我是一號，妳二號。」她點點頭。

「你三號。」

艾爾登說：「好。」

我跟約書亞說：「那你四號。」

第一輛車子從杜邦方向駛過我們家門，可能剛交班要回家，黑藍色，相當新，四四方方。

我大叫：「那是我的車！」大家歡呼。

然後一輛引擎蓋超長的兩門汽車呼嘯而過。

我跟娜蕊莎說：「那是妳的車。」大家盡責歡呼。她分配到的號碼不錯。

下一輛車前還沒現身前，我們便聽到聲音：老舊引擎不堪負荷的吵雜紛亂鏗鏗鏗。

約書亞嘎嘎叫：「噢噢噢噢噢噢。」

那是一輛灰色車，露出一塊塊棕色底漆，噗噗穿過我們眼前的街道。駕駛似乎也明白自己的座車丟臉，不像一般鄰居對我們按喇叭或揮手致意，而是直視前方。

我指著艾爾登笑說：「這是你的車！」

約書亞尖叫：「破銅爛鐵。」

艾爾登說：「幹嘛我抽到的車超爛？」

我們都笑了。艾爾登站在那兒對著那輛在街頭噗噗前進、丟人現眼的車子揮手，好像可以把它噓走，就像我們噓走嗅聞垃圾的浣熊，或者噓走踮著粉紅小腳躡行後院腐臭沼澤的負鼠、驅入無際森林。

艾爾登說：「走！走！」我們笑得更大聲，娜蕊莎鼓掌。

艾爾登坐下來。

我說：「輪到約書亞了。」我們坐在長搖椅上，一個緊挨一個，面朝馬路，專心聆聽小小的噗聲、震耳的砰聲或者閃現的顏色，任何會昭示我們未來的東西。

查爾斯・約瑟夫・馬丁

生於：一九八三年五月五日
卒於：二〇〇四年一月五日

C. J.（查爾斯・約瑟夫）是我眾多堂表親之一，我第一次注意到他，他六歲，我大約十二歲。他膚色較白，一臉雀斑。學步兒時，他跟約書亞一樣都是金髮，越大頭髮越黑，長而捲，他老媽剃短他腦門的頭髮，只留下一條細長的老鼠辮。他個頭兒矮而瘦，肌肉結實，渾身稜角，臉呈三角形，唯一的黑色是眼珠，黑到讓人吃驚。

我老爸那邊家族聚會，C. J. 會到場，矮小金黃，瘦削結實，老鼠辮垂到背部中央。我們小孩狼吞虎嚥抹了番茄醬與芥末的熱狗、咔咔作響的洋芋片，大口吞下刺辣酸氣灼燒喉嚨的冰冷汽水，然後在院子裡成群互相追逐。

有人會說：「翻跟斗。」

C. J. 說：「好。」

我們形成人肉通道讓他表現特技。他會先跳個二、三下，然後在我們讓出的狹長綠色草地往前衝，到了通道末端先側翻內轉，接著後手翻，再來一個後手翻，老鼠辮在背後飛揚。他簡直就是人形彈簧玩具。我們歡呼。我覺得又熱又疲。他在我們形成的通道一次又一次翻躍，空氣濃滯潮溼，他每次飛向空中都將空氣一切為二，落地時震跳一下。然後他累了，跑去喝汽水。觀眾散去。我獨自走開，非常不滿自己的肉體深受熱氣束縛無法飛升離地。我走進一個遊戲屋，是二乘四的夾板搭成，躺到地上，沙子磨擦背部，看其他小朋友玩耍。漸暗的天色裡，他們在院子成對奔跑，試圖抓住對方，爭搶最後的冰冷汽水。我看到C. J. 奔竄其中，絆倒他們，搶了自己想要的東西，一溜煙跑掉，沒人追得上。

後來很長一段時間，我沒見過C. J.，他十二歲時我上大學了，返家，看到他長高了，跟我差不多，但以男性而言算矮了。他打赤膊。不再是小男孩身體，比以前碩壯卻仍是瘦削，皮膚下的肌肉硬如石。一點肥肉也沒。現在他留全頭長髮，朝後梳成貼頭辮，臉蛋立體凸顯。他膚色白，有雀斑，依然能表演我難以想像的身體奇技。

那個時候，我們多數人住父母家，有的爸媽不在乎你的朋友賴在你家，有的則不（譬如我媽）。多數父母不在乎你呼朋引友，只要他們不是賴太久，只要不是一堆車子停在院子，引來我們所謂的熱氣（heat），就是警察。這在白人勞工階層社區沒關係，黑人勞工階層街坊則不。因此我們從前青春期到二十歲左右，多數時間都在公園鬼混。那原本是教區長宅第與墓園間的一大塊空地。郡政府沒花大錢搞公園建設，只闢出一個小籃球場、兩個鞦韆架、一個木頭攀爬架、兩個很快就在潮溼熱氣中腐爛的木頭小看臺。老媽說這郡立公園「可笑」，很氣它大大比不上海岸線的白人城鎮或者富有地方的公園。但是我們不在乎，避開看臺的腐爛部分，坐看小孩玩攀爬架，一待數小時，刻意不理會禿鷹一般繞著我們轉、一瞅見我們群聚就懷疑我們吸毒或販毒的郡警。

我給 C. J. 拍照的那天，他沒打籃球。球場一共有四個籃框。我們坐在看臺上瞧附近男孩在其中一個籃框下打球。他們有人打赤膊，汗珠閃亮，有的棉質衣裳濕黏住胸膛，得扯開衣領或者掀衣。C. J. 坐在看臺下面抽菸，查琳拿著籃球等在他身旁。查琳大約十四歲。每隔幾分鐘，他就會走向查琳，查琳把球丟給他，他再投向最靠近他的籃框。查琳跳投，沒進。天氣又悶又熱，天空陰沉，是那種成日都要下雨卻始終沒下的天氣。風兒吹來，有那麼一剎那的涼意。一棵碩大的西班牙櫟樹遮蔭看臺，我坐在綠色樹冠層下，拍死蚊子。遠處馬路閃亮發光。

車子開進籃球場附近的草地，停在水泥板凳旁。毫不例外，開車的男孩會打開車門或者後車廂，汽車音響大聲播放音樂。

查琳朝最靠近教區長宅第圍欄的籃框投籃，試了跳投與後仰射球。C. J. 搶到籃板，跑向另一個籃框，用力運球，加速，拔地而起，跳向空中。籃球撞上籃板，彈出他的手，彈向球場另一頭在打球的人。C. J. 飛得超高，用手肘勾住籃框晃盪，瘋狂咯笑，緩慢左搖右晃。

我說：「天啊！」我從未見過這麼矮的人可以跳這麼高，捧著沉重的手動 Nikon 相機，大叫：「C. J. 再表演一次。」

他跳下籃框，震了一下。查琳傳球給他。他衝向球場另一頭，進攻籃框，跳到半空。那是飛。球再度碰到籃板彈出來，查琳又傳給他。我走下看臺，靠近籃框，希望抓住他飛躍半空的神奇鏡頭。但是他太快，我的相機太老。我聽見快門打開，磕一聲碰到金屬，又關上。太慢。後來我回學校沖底片，照片中，空中飛人 C. J. 怎麼看都不對勁，不是角度詭異，就是模模糊糊，相機捕捉的凍結片刻完全沒有他的曼妙優雅。

C. J. 說：「咪咪，我不行了。」走向看臺。他說咪咪的發音方式，好像匆匆拋出又縮短，聽起來像麥咪。只有馬利歐跟他會這樣叫我。馬利歐是我爸那邊最近的表親。他搖頭笑說：「不行了。」汗珠淌流，頭髮捲了，髮根金色，形成金色光環，約書亞小時也這樣。

我說：「幹！你跳得有夠高。」

他指指相機說：「拍到了？」

我說：「希望。」

C. J. 十四歲時開始跟查琳約會。是他施展魅力成功。C. J. 的形體有吸引人之處：矮，瘦，肌肉結實，能展現體能魔術。他跟查琳外表很搭，像隊友。沒有一般情侶因性別導致的肌肉與體型大落差。他們是表親，這代表我的某些阿姨、他老媽、我老媽討厭他們湊一對。但是查琳不在乎，C. J. 也是。德萊爾、基督徒隘口鎮這兒多的是表親結婚生孩。世世代代如此。小型城鎮受限種族與階級，這種匹配勢不可免。查琳愛C. J.，這個最重要。

打從開始，查琳與C. J. 便形影不離，如果不是C. J. 過著遊牧人生，也不可能。他在基督徒隘口鎮的母親家有自己的房間，一張單人床，卻很少待在那兒。房間的部分天花板與屋頂已經有點塌陷，床上與地板堆滿紙箱，裡面都不是他的東西。在家時，他睡在後面的起居室，那裡有個沙發與小電視。他摺好的衣服都堆在沙發跟電視的後面。沙發旁的小茶几放著小小的照片，有我拍了沖洗，後來查琳拿去給他的照片，有他跟查琳、表親們的合照。這房間的門通向廚房與屋子的其他房間。他老媽是單親媽媽，兩個孩子，C. J. 跟年紀小很多的妹妹來自不同爸爸，她跟他們都沒結婚。她賣命工作給孩子一個家，排除各種來自出身與所在之處的限制與障礙。或許C. J. 覺得自己是媽媽的負擔，因此一年裡總有好幾個月住在其他地方，睡在他人的沙發上。

不住在老媽家，他有時在德萊爾跟他老爸、老爸的女友、她的女兒一起住。他的父親試圖讓他融入新家，給他一輛車，兩人一起搞，想讓它發動，卻始終沒能弄好。當他不住老媽或老爸家，就住到表親達克的房間或者睡在他家前廳。達克是約書亞最要好的朋友。達克老媽不在乎C. J. 來住，因為是一家人啊。德萊爾與基督徒隘口鎮的小孩常從這家住到那家，數十年來皆如此：我曾祖母那代，有人生了五個、十個、十四個小孩，把小孩送給不育的夫婦，而孩子長大了，通常會搬出原生家庭，去跟親戚住。有時是被父母趕出門，有時是他們有流浪的欲望。在這裡，家庭一直是可變異的觀念。有時它包含整個社群，這代表C. J. 可以睡在羅勃或波特家起居室的沙發，他們還根本沒血緣關係。住在達克家時，C. J. 連續幾天穿相同衣裳，坐在山丘路與聖史蒂芬路交叉口的一棵古老大樹底，頂著大太陽，瞌睡兮兮撥弄自己的髮辮。大家都知道他坐在碩大樹根上是在等小顧客上門買毒品。我跟鄰里許多人一樣看不慣他的行為。我並不知道他其實討厭坐在那棵大樹下，他想要有一番作為，卻不知道怎麼辦。

C. J. 十七歲時從中學輟學。上學太乏味，缺乏刺激，他讀完九年級就沒去了。我不知道確切原因，但是我可以想像他覺得被忽視，在班上毫不傑出，不過擠塞校園的一員。他課業不出色，也不喜歡團隊運動，雖說他有那份天資。身為黑人男性掛在及格邊緣，代表你是校方頭痛人物。有時校方對黑人男學生的「問題」採取不聞不問政策，算善意的。幾年後，這種善意的忽視變成惡意，有時會非法搜身遭控販毒的中學生，給他們貼上問題人物標籤，留下一疊厚厚紀錄，有的真是觸犯校規，有的純屬想像，這疊紀錄堆到一定厚度便踢出校園，免得你的爛表現與考試成績危及它的藍帶學校地位[1]。

有時 C. J. 會隨查琳到葛夫波特，待在老爸在加斯頓角租的房子。C. J. 會跟查

1 blue ribbon，在領導、課程、教學、學生成就和家長參與具有傑出表現而接受表揚的學校。

琳逛加斯頓角的大街，兩人都穿得像男孩：籃球短褲、白色吊嘎、外面罩白色長T恤。他們買麵包、牛奶、罐頭午餐肉，返回我老爸家，邊吃邊看電視，躲開外頭的熱氣。有時晚間較涼爽，C. J. 就在我爸架在前院的破爛舉重椅上練舉重。

某年夏日連續爆熱，一天特別熱，C. J.、查琳還有我們的一個表親到店裡買冰塊跟冰棒。回程路上，他們聽到一聲狗吠：短促，小聲。

查琳說：「你們聽到嗎？」

C. J. 指指他們經過的一棟房子前廊說：「在那兒。」那房子有鋁製圍籬。我們的表親說：「你們想要？」

窄窄的開放式小前廊有一頭比特犬小崽，耳朵大而軟像室內植物的葉子，全身最大的部分是腳。牠蹣跚穿過前廊朝他們走來，又開始叫，仰頭吠出每一聲，好像使盡力氣才能吐出來。這小東西精力充沛。他們都很愛。

C. J. 說：「來吧。」跳過矮矮的圍籬，撈起那隻小狗，抱回給查琳。查琳打開亮橘色書包，讓他把小狗放進去，躺在冰棒旁。之後拔腿奔回老爸家，沒打開買來的雜貨，先把狗兒抱出來。

查琳後來說：「那是我們的，就像我們的孩子。」

我從密西根返鄉度寒暑假總拉著查琳陪我。我家孩子只剩查琳還住在家裡，所以儘管我們差了八歲，她還是成為我最要好的朋友。她總邀請C. J. 過來，然後我再找二、三個鄰居，拖著一起去看電影，我付錢，看《魔戒》之類的東西，看完一場後，就偷溜進去看另一部，四小時後，我們離開戲院，因飽食奶油爆米花而噁心想吐。週五跟週六，我們便一起混夜店「幻象」。

二〇〇三年夏天，查琳、娜蕊莎、C. J. 全擠進我的車，在「幻象」附近的海灘旅館跟娜蕊莎的朋友碰頭。他在那裡租了個套房，一星期。我們不知道那麼貴的套房他幹嘛租那麼久，畢竟他有自己的房子。我猜是因為他租得起，這是炫富，販毒賺來的錢，一種無需言語的地位表徵。到了旅館外，我們坐在車裡嗑嗨了。夜色裡海灣黑水一個勁地拍湧進來。感覺很棒。我們看著夜店外的停車場，車如流水一波波，人們蝟集，打扮入時。店裡音響的貝斯朝外吶喊，外面，汽車音響貝斯回應。等我們進入旅館套房，C. J. 坐在沙發上，查琳坐上他的一條腿，我坐另一腿。我從未坐過C. J. 的腿，即便靜止狀態，他的腿部肌肉依然硬實，我突然覺得把全身重量放到這麼瘦小的人身上很不該，站起身來。

C. J. 說：「妳可別給我動。」於是我又坐下來。大家安靜看著無聲電視，也看著娜蕊莎的朋友，他是足球選手，大學選秀排名很前面，但是沒去。他走進浴室，幾分鐘後，再度現身，猛抽鼻子，把鼻涕吸回鼻腔吞下去，跟我們說笑。他的吸鼻聲斷斷續續，非常擾人。我天真以為他有鼻竇炎。他很不安，走來走去，沒個停。

我說：「我得上廁所。」

廁所的洗手槽與馬桶裡都有菸蒂。裡面沒衛生紙，沒洗手皂，只有一條擦手巾，扔在地上，又皺又髒。我覺得還是不要尿好了，回到沙發，坐到查琳與C. J. 身旁。

我說：「浴室超恐怖。」突然很沮喪。

C. J. 說：「來吧。」我們離開旅館，穿梭車輛急駛九十號高速公路到海灘。月光皎潔如漂白過的生蠔殼，我們就待在棧道喝了一整晚啤酒，直到快破曉。回程路上，C. J. 是唯一沒醉的人，說：「他們在浴室吸古柯鹼。」

我說：「什麼？」

「抽古柯鹼的地方就是這樣，裡面都是菸屁股跟亂七八糟的東西。」

我腦袋靠在座位，瞪視海灘的細細白線、樹木，以及隨著日光浮現從黑色轉灰再轉藍的海水。最後，我陷入夢鄉，想著C. J. 的話。他去過這樣的浴室嗎？否則怎麼知道？如果C. J. 還說了什麼，我可沒聽見。

幾個星期後，一晚老媽不在家，娜蕊莎、查琳跟我在屋內一起看電影。前門敞開，前廊燈亮著。查琳離開接電話，幾分鐘後，我們聽到拉拖東西的聲音穿過馬路與交界林木的暗處，又穿過前院。

娜蕊莎說：「啥鬼？」

查琳奔出前門，踏下前廊的水泥階梯，跑到路上，同時間，拉拖東西的聲音斷斷續續。娜蕊莎跟我站在臺階，看到C. J. 跟達克站在碎石車道旁。我們在夜色中走到車道迎接他們。一個白色長把手的藍色冰桶在中間，C. J. 坐在上面，掏出啤酒遞給我們，我喝了一小口，苦得很。達克講笑話，自己沒笑。他沒待多久，留下我們跟冰桶，走了。C. J. 知道老媽不喜歡他，總是跟我家保持距離。對查琳跟他來說，知道他們的愛情被許多人反對平添幾許浪漫色彩，讓他們覺得是宿命鴛鴦。雖然查琳跟他說老媽不在家，我們還是坐在院子旁的地上，拍打蚊蟲，聊天。

我微醺，受不了蚊子的刺咬與熱癢，站起身，微醺地說：「全部給你們啦，我要進屋去。」

娜蕊莎說：「我也是。」跟著我進屋。查琳跟C. J. 仍待在屋外。二十分鐘後，屋內電話響了。

「哈囉？」

「唉喲，妳們得出來。」

「你誰啊？」

「妳妹不開心。認為妳們生她的氣。妳們得出來跟她談談。」

「天啊！」

娜蕊莎聳肩，繼續看電視。我走出去，狐疑我們看電視的二十分鐘裡究竟發生何事。我走向前，C. J. 把手機收回口袋。查琳坐在老媽拿來裝飾前院的鐵路枕木上。肩膀垮塌，手遮住臉。

C. J. 說：「妳妹在哭。」

我說：「哭啥？」

「她認為妳們對她失望。」

「哪來的想法？」

「說真格的。妳妹好愛妳們。」

我停步給腿抓癢。不明白查琳幹嘛情緒激動，誤以為是賀爾蒙作祟的小題大做：青少年的鬧脾氣。她跟 C. J. 鐵定是口角了，把怒氣都推到她跟我們的關係上。我真不想跟一個需索的老妹待在院子裡。而 C. J. 則是不管酒醉或清醒，都會待在她身旁。

我跟 C. J. 說：「不知道要跟她說啥。」他看看我，夜色裡大眼珠近乎棕。

他說：「妳就跟她談一談。」

查琳還是遮著臉。

我說：「查琳，」她的肩膀一聳一聳。「怎麼啦？」

C. J. 說：「跟她談談。」

查琳透過指縫說：「我搞砸了。」

我說：「不。不會的。冷靜一下。」

C. J. 說：「跟她說妳愛她。」彎身到冰桶撈出啤酒，啪地開罐。

我說：「什麼？我在跟她說話啊。」

「跟她說。」

我說：「查琳，我愛妳。」

她哭得更大聲。C. J. 抓住我手臂拉到暗處，到碎石路的邊邊，側身低語。他的臉因夜色更難看清，鼻子被削到幾乎不見蹤影，顴骨只像桃子尖，額頭不過一抹光。他啜飲一口啤酒。

「說真格的，妳們都不懂。妳得跟妳老妹談談。」

他很堅持。我感覺他按著我的頸背，便稍微側身。這很像小時，老媽領著我穿越人群，就會用力抓著我的頸背按著。

我說：「我要進去了。」

C. J. 說：「妳該跟她談談。」

我轉身看著查琳說：「好的。」她依然坐在枕木上，依然遮臉哭泣。

我跟查琳說：「我要進去了。」轉身背對他們，朝車道走去。林子裡夜蟲騷鬧。

C. J. 朝馬路扔了酒罐。鏗地一聲，而後無聲。石頭卡進我的赤裸腳板，一旦離車道僅數呎，我便只用腳尖奔跑，減少摩擦。心想著：他倆究竟什麼毛病啊？我認為查琳的行為源自哀傷：約書亞在她生日前幾天過世，伴著夏日灼熱進入秋日，傷逝讓我們舉止詭異。另一方面，我狐疑：C. J. 有在用藥嗎？回到屋內，娜蕊莎已經睡了；電視螢光染藍了她的臉。我聽到喊叫聲，聽到拖拉冰桶的聲音，停住，再拉。我跪在活動屋的綠色粗地毯，掀起百葉窗朝外望。街燈的黯淡照明下，我看到C. J. 在拖冰桶，喝啤酒，對空舉罐，朝樹林吼叫。聽不清他說什麼。他把啤酒一罐罐扔到溝渠、扔到林子，腳踢冰桶。查琳跟著他，一會兒坐地上，一會兒坐冰桶的塑膠蓋上，時而站到他身旁。從C. J. 扔酒罐的模樣，我可判斷罐內的酒至少還有一半，因為它們飛得很遠，下墜急速，不像空鋁罐那樣飄飄。他在咒罵。我坐回地毯，看著娜蕊莎的睡臉，不明白為何覺得恐懼。

我說：「大夥來吧，咱們去紐奧良。」

我們大約晚間八點或九點出發，至少十五個人全塞進 Suburban 大旅行車，沒人繫安全帶。我笨到完全不在乎。自從我離家，我得知廣大新奇的世界對我而言，只是不斷地與空蕩房間、哀傷掙扎奮鬥，約書亞與朗諾德的死亡讓哀傷與我須臾不離，在安靜的空間裡益發明顯。當我回到德萊爾，我喜歡呼朋引眾，越多越好，堂表親，街坊鄰居，組織紐奧良之旅，二十個人手捧保麗龍酒杯在波旁街晃蕩。我們把車子停在迪凱特街，走進街區。看到停車場邊角上一輛轎車有旋轉輪圈，那是我們只在電視看過的新型輪圈，因此引起我們注意。C. J. 蹲到輪胎旁。

他說：「瞧這玩意兒。」他轉動輪圈，金屬捕捉光線，好像飛過半空的刀刃，他大叫：「會轉耶！」我們笑了，笑此舉的魯莽，笑我們蠢到幹了不該幹的事。一整晚我們就是喝，醉，更醉，逛街，瞄著脫衣舞俱樂部的大門，我們之中只有幾人符合門禁年齡。整晚 C. J. 護衛查琳穿越酒醉人群，是她的保護者。他只比查琳高一、二吋，一樣瘦，但是走在她身旁，擁有的態度再加上忠心，C. J. 看起來似乎比原來膨脹許多。

第二天早上，我在娜蕊莎公寓第二間臥房醒來，從坐臥兩用榻起身朝門走，兩腿不聽使喚倒到地上。心想是昨晚的狂歡，這次感覺如此虛弱，可能是偏頭痛藥物造成，打從十五歲起，我便受偏頭痛之苦。C. J.、娜蕊莎、希爾頓走進臥房，C. J.坐到兒童椅上，頭上裹著白T恤，瞧著我。

他說：「準備再來一攤？」

我笑了。

「當然。」

那是早晨八點。我們開始喝。嗨到掛。C. J. 把一個移動式音響插進這間有上下鋪，又有坐臥兩用榻的臥房牆壁，撈出 Lil Boosie 的新 CD。他不斷重複播放同首歌曲，倒回去又倒回去跟著唱。我從未聽過他唱歌，清晰的歌聲穿過T恤。他又說些傻氣又自然的笑話，讓我忍俊不住。他令我吃驚：從不知道他這麼有趣又善良。突然間話題轉移了，大家講起古柯鹼。

C. J. 問：「妳試過嗎？」

我說：「沒。」

「妳認識用它的人嗎？大學裡的？」

「嗯，幾個。但是不熟。」

「千萬別試。」

C. J. 整個人塞在兒童椅上，扭動身體，調整蓋到臉上的白T恤，太重，還是滑下來。他要笑不笑。

他說：「我試過一次。」他揉揉頭說：「便又再試，真希望沒試第一次。」

我點點頭，明白他為何知道旅館房間的浴室那麼噁心，還有拖著冰桶到我家車道的那晚，他為何偏執又失序，為何他一下子讓我害怕，第二天又變成另一個人，善良又有趣，坦誠到令人心碎，蒙著T恤當面罩，訴說他原本沒臉告訴我的事。

C. J. 說：我感覺自己不會在這兒太久。他跟查琳這麼說，跟親近的表兄弟這麼說。待不久。他的行為似乎在印證他的信念。他的談吐與你我不同，從不談他要追求理想事業。他不會說：我要做消防員。或者：我要做電焊工人。或者：到海外工作。他只跟查琳談過未來，經常談，他會說想跟她生小孩。他說，我們可以掙生活，賺錢，爽爽過活。過活。但是高中輟學後，他從未搞上像樣工作，或許被鄰里年輕人的經驗嚇到了，他們多數幹到被開除，要不辭職，因為基本工資來得太慢，錢花得太快。失業期間，他們販毒，直到找到便利商店店員、清潔工、園藝工作。這就像走進風暴大浪：徒勞無功的周而復始。或許他瞧瞧那些逝去的以及還活著的，發現兩者並無差別；被貧窮與歷史與歧視剪翼，我們的內心逐漸死亡。或許當他意志消沉、古柯鹼的嗨茫退去，他看不到美國夢，沒有童話結局，沒有希望。或許嗨茫時，他也看不到這些。當C. J. 提到早逝，查琳會說：別講這種屁話。你哪兒也不會去。

幾年後，娜蕊莎跟我講一件事，是她從C. J. 在基督徒隘口鎮的朋友口中聽來的。他們沿著鐵軌走，那是穿行該鎮的捷徑。C. J. 腳步穩定，輕鬆跨越搖晃的花崗岩石頭堆，從這個枕木跳到另一條枕木。這些枕木經過密西西比熱陽的多年炙烤與火車熱氣，已經變黑。鐵軌兩旁是有水深溝，香蒲高竄。C. J. 會先聽到火車在背後遠處呼嘯，他的朋友會先往旁跳幾步，落到鐵軌道旁，然後狐疑C. J. 為何繼續走，臉上掛著淺笑，雖說是笑，那笑容也像落石滾下山坡：硬得很。或許C. J. 走路時只瞧路面。總之，他忽視咆哮的火車逐漸接近他。他忽視朋友因火車怒吼而畏縮。C. J. 跟人們說：我不會在這兒太久。不。C. J. 會一直等到感覺火車切破背後的空氣，笛聲震擊耳膜，火車司機已經恐慌，才召喚自己的瘦削黃金身體展現所能，跳下鐵軌，讓行火車，再活一天。

二〇〇四年一月四日，C. J.、希爾頓跟我在德萊爾公園的破舊看臺鬼混。C. J.

叫希爾頓捲大麻雪茄，那是我妹給他的大麻。菸頭翠綠潮溼緊實。C. J. 的金棕色髮辮垂過前額，他在笑。溫和的密西西比冬陽照得他的睫毛有如金色鐵絲閃亮。C. J. 那天愉悅平靜。我問他晚點要不要開車去看湯姆．克魯斯演的《末代武士》。

他說：「當然啊。」

當希爾頓捲菸草，我看著來往車輛，企圖說服C. J. 用那個充當垃圾桶的鏽鐵桶生火，驅趕蚊蟲。

「拜託，C. J.，你知道你想要生火的。」

他說：「我還以為是妳要生火，寶嘉康蒂[2]。」

我笑著說：「不。我不。我保護自然。」

C. J. 說：「少來，咪咪，我知道妳可以的。」

希爾頓嘲笑我；臉上出現酒渦，寬厚的肩膀聳動。我情緒低盪又宿醉。極端畏懼第二天就要開車回密西根，面對看不到盡頭的冬天。我瞄瞄地面，尋找可以用來生火的東西：乾燥的冬日長草，樹葉掉光的橡樹枝，棕色落葉，橡實，散落公園裡的一些紙巾、洋芋片包裝袋，以及汽水瓶。透過松樹的間隙，我看見兩個快克毒蟲，

2 《風中奇緣》裡的歷史人物，印第安公主。

那是年紀比較大的親戚，已經不相往來。看著他們在鋪了鵝卵石的大街來回踱步，等待藥頭。

C. J. 拿著大麻雪茄笑說：「我可是這玩意的癮君子，講真的。」

我揮手拒絕希爾頓遞給我的大麻雪茄。他們抽了三小時，直到太陽下山，夜霧滾進公園。每隔幾年，大霧會連續數天讓整個海灣沿岸變成白色，能見度零。碰到這樣的冬霧，我們只能連聲詛咒，不斷調整車燈，依然無助我們看清密西西比的地景，車燈是鄉野黑暗裡的唯一探索者。

結果我們沒去看電影。我必須打包。摺衣服，替老妹與表親們燒CD，把東西堆上車子。我站在院子裡聆聽林木在冬日裡也不會消失的嘈雜聲，儘管大霧什麼也看不清，能聽見家鄉的噪音依然是種幸福。當我忙活，查琳跟C. J. 坐在我停在車道的車子裡抽了一個多小時的菸。他不想去任何一個臨時的家過夜，不想去達克家，也不想睡羅勃或波特家的沙發。他想跟查琳待在我的車上聊天直到天明。她就是他的家。但是查琳說：我討厭寒冷。她在半夜回到屋裡，C. J. 走了。他走到街底的達克家，消失於霧裡。我想像他站在外面的大橡樹旁，等著表親從霧中現身接他。如果他不能跟查琳在一起，他會整個跳過睡眠這件事，找事打發夜晚。那晚他們打算開車北上，把他表親的娃兒送回家。

查琳睡著了，我還在忙打包，電話響了，半夜兩點，那是C. J.的老媽。我想，她幹嘛打到家裡來？

「哈囉？」

「C. J.出車禍了——」

我想著：天啊不要。

「——沒能活下來。請告訴查琳。」

我想著：我辦不到。

我說：「好的。」

C. J.老媽啜泣掛了電話。我瞪著起居室牆壁，頹坐沙發，掙扎著呼吸。衝進喉嚨的空氣不對勁。我打電話給希爾頓。

「哈囉？」

我轉述C. J.老媽的話。抹鼻子，呢喃。

我哭著說：「我沒法對查琳說。做不到。我沒法半夜把她搖醒，沒法這樣對她。」

希爾頓說：「我馬上過來。」

三十分鐘後，我聽見希爾頓到了門口。他穿過我身旁、經過起居室、廚房、書房進入查琳的臥房。他打開燈搖醒她。告訴她。查琳走入屋外的濃霧，我穿上鞋。我們三個開車到十二小時前才跟C. J. 碰面的公園。在夜色中停好車，人群陸續從夜霧、林木中現身，跟我們一起坐到天亮。這是我們第三度因悲劇相聚，更多的死亡、傷逝與哀傷。大家互相遞大麻雪茄，好像那是紙巾。查琳抽菸，直到雙眼因淚水腫閉。

C. J. 跟表親們開車北上，把小娃送到後，他們撞上火車。平交道沒有反光柵欄。有閃燈與警鈴，但是經常失靈。因為它位於鄉下黑人區，大家便懶得修理，也沒想過要裝反光柵欄。那晚就算警告系統沒失靈，孤零零位於密西西比鄉間，這個容易出錯的機械警哨也不是伸手不見五指的冬霧對手。C. J. 坐在副駕，我們的表親緊急打轉，車右邊整個撞上火車，被火車的衝力壓扁。C. J. 困在車內，表兄弟們想拉他出來，但是他被卡住了。車子起火，吞噬了他，眾人束手，只能對著寒冷的白色夜晚狂吼求救，密西西比濃霧吞沒了他們的吶喊。

⁂

我沒法跟查琳談及C. J. 的死亡細節。我不希望她思索某些事情，所以我不會問火車撞上時，C. J. 是否還活著。不問表兄弟們試圖拉他出來，他是否說話了。不問起火時，他是否神智清醒。不問起火才是死因嗎。我從其他人那兒聽到一些說法，他們說火車撞上時他還活著。有的甚至說表兄弟們要拉他出來，C. J. 要他們別管。當我聽到這個說法，我想他一定很痛，金屬壓碎他的腿骨，他看出搶救是徒勞無功。有人說車子起火時，他還活著，沒說的是：表親們的吶喊求助必定也加入了他的尖叫，周遭卻只有失靈的警示燈，以及在森林蜿蜒而去的鐵道。我不跟查琳說這些故事；我不會添加她的傷逝負擔，尤其她已經扛負罪惡感。她經常說如果她在我的車裡多待一會兒，如果C. J. 願意進入我家跟她一起，而不是跟表親坐車北上。她說，如果我待在車上，他會還活著。悔恨是重負。無情。

C. J. 死後第二天，我們開車去街尾的朋友家，發現他跟四個鄰居男孩坐在泥巴車道上沒熄火的車子裡，拿著啤酒朝前看，似乎隨時要加油門直接穿過房舍，朝北開，遠離此處。他們木著臉哭泣。查琳爬進車裡，擠到中間，擁抱其中一人。我轉身背對嗡響的車子，掩面哭泣。我什麼都看到了，我什麼都不明白。

C. J. 死後的第二晚，我開車載查琳在德萊爾亂逛，她把送給C. J. 的那包大麻抽完。她捲大麻雪茄，我則開到油箱空了天空亮了，不知道我們這種行為是否在招惹死神。如果不是，為何祂總是緊隨我們，固執，堅持，一個個把我們拉到身邊？查琳抽完那包大麻，又抽另一包。她說這像香菸，可以穩定她的神經。那晚過後的許多年，她天天抽。她突然在車裡痛哭起來，我轉開音響，由著她哭，只能說：「我明白，我明白。」

我常自豪擅長文字，懂得如何駕馭它們為我所用。幾年後，我拜託查琳撈出C. J. 訃聞，那是一本小冊帶書籤。查琳開始痛哭，談及她的悔恨與失落，談及悲傷成為她的雙生子。她如何夢見C. J.，每個夢裡都在追他，每個夢裡，C. J. 都是敏捷金燦，翻啊飛啊跳，不讓自己被趕上。

我最近才知道我們的社區公園已經被設定為墳地，以便擴大墓園，好為我們的死亡做準備；總有一天，我們的墳墓會吞沒我們的遊憩地。我們生活的地方會變成我們的永眠之所。我們有什麼辦法減緩墳墓的增加？稍稍延長我們醒著的時間？我們承負的哀傷加上生活的其他重擔與死亡，拉著我們往下沉至紅土砂礫墳穴。到頭來，我們的生命就是我們的死亡。C. J. 直覺明白此點。我卻無語可明述。

我們在看

一九八七——一九九一

父親離開後，我們搬到密西西比州葛夫波特的小社區橘叢鎮，跟德萊爾只隔幾個鎮。雖說葛夫波特跟德萊爾近得要命，卻給了我媽一種自由感。在德萊爾，她覺得窒息，她認識每個人，每個人認識她；更糟的，他們也目睹了老爸的不忠。她認為那兒的女人因她的不幸而得意洋洋，雀躍她的家庭瓦解帶來大量八卦談資，瞧不起她與輕浮浪子生了四個孩子。葛夫波特給她需要的匿名性：尤其在新的小購物商場與雜貨鋪之間空地蓋的新小區，鄰居彼此是短暫相逢的陌生人。那時我十歲，約書亞七歲，娜蕊莎與查琳分別五歲、三歲。我們打包行李，一箱箱廚房用品、衣服、少量的書籍玩具，就從延展式家庭的舊家搬到新居，只有媽媽，沒有爸爸。

葛夫波特可不是我們出生地那樣的大片曠野。一條主要的高速公路貫穿南北，郊區就位於高速公路旁。社區旁的大木牌寫著「貝萊爾」。本區只有兩大塊地沒開發，較靠近高速公路西邊的是其中之一。到處林木，小溪橫切，棒球場是它的分界，許多家庭週末會來這裡的野徑走路。老媽不准我們單獨去那公園，擔心瘋子綁架我們。另一塊未開發地就在我家後面，也是小區的最北邊界。長方形，草木叢生，大約一平方英哩，被其他小區包圍。小區裡多是七〇年代蓋的兩房、三房小平房，全是三種基本款的變形。

我們家是巧克力色的棕色磚房，前院有棵出現缺鐵症狀的樹，後面有棵高大的落葉觀賞樹，城市夜光下，紫色、灰色樹葉翻飛。我們的後院很小，跟多數人家一樣，圍上鐵鏈圍籬。此地家家戶戶挨得近，夏天時，坐在兩棟房子間陰影草地上就可納涼。

搬進新家的第一天覺得陌生奇異。我必須轉學，我熟悉的德萊爾延展式家庭社群顯得遙遠。我們將首度成為核心家庭，還是個沒有父親的核心家庭。世界嶄新而危險；我就像離穴的動物尋找庇護。

我的父母都來自父親缺席的家庭，都不想重蹈覆轍。但不管孩時還是成人，雙親家庭始終跟他們無緣。我的社群裡，男人拋妻棄子幾乎變成一種體系，源自特屬我們的貧窮。有時膚色看似是偶然因素，其實不然，尤其你把早期奴隸制度的枷鎖考慮進去，它強迫拆散了許多非洲裔美國人的家庭。我的父親和橫跨數世代的黑人年輕男性一樣，扛不起丈夫與父親的角色。他看到家庭桎梏外的世界充滿機會，難以抗拒其中的浪漫。我的母親則跟許多同世代的年輕黑人女性一樣，深知她必須放棄所謂的機會、浪漫的溫柔炙熱、外面世界的光景誘惑。老媽明白她的景觀就是四面牆壁、孩子們的瘦巴巴脊梁與張大的嘴巴。就像我們家族的女性前輩，她知道家庭是她必須扛起的重擔，不能一走了之。所以老媽和她的母親、阿姨、妹妹一樣：開始上工幹活，搞定養育孩子。只是那時她不知道在我們成年之前，她都會是唯一的養家活口者。

工作方面，老媽沒太多選擇：她雖有高中文憑，卻必須找半天活，下午便返家，監督我們做功課、洗澡、準時上床、第二天上午出門回學校。如果她能在那些逐漸消失的工廠找到輪班的工作，薪資會較高，但是沒法。她的家族可以伸出援手，但是她覺得喜孜孜連生四個小孩是她跟老爸的責任，她不會把養育責任轉嫁給家族。就算她付得起托兒機構的費用，她也不願意。她是我們的母親。因此她尋找得以兼顧的工作。老爸離家前，老媽在鑽石頭鎮上的旅館洗燙東西，她跟表親共乘上工，因為沒車。老爸帶走了我家的車跟他的摩托車。搬到葛夫波特前，老媽存夠錢買了一輛七〇年代的藍色老Caprice，舊到烤漆都消光，要用雙手才能關上車門。這就是她下份工作的交通工具，到基督徒隘口鎮海邊一個內戰時代大宅的有錢白人家庭做女傭。

當我稍長，老媽告訴我她如何拉拔弟妹。她說外公也拋家棄子，當我出生後，她跟老爸發誓他們的孩子必須成長於雙親家庭。外婆賣命工作養活七個孩子，老媽是長女，必須早起喚醒弟妹，監督他們梳洗換裝，替妹妹綁好整齊的辮子，等到他們年紀稍大，她必須像個母親般調教他們。

當爸媽尚未離異，我認為他們都是調教者，老爸管教老弟，老媽管教我們全部。搬到葛夫波特，我明白從頭到尾老媽才是管教者。老爸尚未離家時，會讓我們拍可笑的照片，拿著他的功夫武器，綁著不知所謂的日文漢字頭帶。也是他騎摩托車到我們小學，停在校門口，當我們爬上後座，同學們都嘖嘖稱羨。老媽煮飯、打掃，分配我們做雜務，譬如鋪床、整理房間、吸塵，養了小貓後還要清貓盆。老爸養家，老媽做低薪工作，但是持家。

搬到葛夫波特的那年夏天，老媽教導我承擔家庭責任：因為我是長女的長女，必須追隨她的步伐，把家撐起來。媽媽買回一大捲綠色塑料繩，在院子大樹的對面挖了一個洞，插入一個木頭十字叉。她解開繩子，一頭緊綁木頭，另一頭拉到最靠近樹幹的低枝上綁緊。然後她在另一個低枝綁個結，把繩子拉過院子綁到木頭叉另一邊，就這樣做了兩條晾衣繩。她從洗衣機撈出一籃衣物，從廚房走過來說：「咪咪，來。」

我說：「是的，您。」

約書亞、娜蕊莎、查琳在看電視，娜蕊莎跟著我們到後院，約書亞坐在沙發前的地板，查琳坐在他大腿上。

老媽說：「把這些衣服晾起來。」她從衣籃撈出一件溼襯衫，又皺又沉，又從袋子裡拿出一根晾衣夾夾到繩子上，再拿出一根，把襯衫下襬鋪過繩子，夾到繩子上。

「曬襯衫要這樣，倒過來。」

我點頭。

「褲子是從腰部翻過去。」

我說：「是的，您。」

這些年在外婆家，看著她跟阿姨們替全家十四口洗衣服與床單，再晾到橫跨後院的晾衣繩上，我對晾衣服已經略知一二。我到她對面的那條晾衣繩開始晾衣服：褲子打結，毛巾像巨大三角。我有點煩晾襯衫，我想把襯衫從肩膀掛起，因為我家的襯衫老從衣襬拉得老長，穿在骨瘦如柴的身上像A字裙。但是我沒。

老媽的家，老媽的規矩。

老爸的離去打擊我。有時我把自己鎖在浴室，這是新家唯一能保有隱私的地方。我觀察自己，看不出我的五官有任何老爸的痕跡。他給我的弟妹巨大烏黑又睫毛濃密的眼睛，我的眼睛則相對小，顏色過於淺棕，睫毛過於稀疏。我身體的其他部位也是失望：出生時的胎疤斑駁，醜怒，赤紅，肌肉無力蒼白。我的頭髮跟老爸正相反，他的黑色柔順，我是骯髒棕色，動不動就打結。我最失望的一點是我的身體無法保留老爸的點滴。他的離去彷彿是拒斥童年的我，以及我即將成為的小女人。我看自己，看到自己具現了周遭世界鄙視的一切：毫無魅力的貧窮黑女。她的價值不被家人重視，只是二十四小時的勞動馬。社會也低估她的勞動與美。這想法有如種子深埋我肚內結成果實。我恨自己。種子開花，呈現在我走路的樣子：肩膀垮塌，眼睛看路；反映在我從不想穿美美；反映在我只要情況容許就藉閱讀逃避世界；反映在我總是盡力佔據最小空間，不吸引外界注意。我幹嘛要？我只是該被拋棄的東西。

我其實並不自知，但是旁人看到我的自我鄙視滋生，採取了行動。那年夏末，老媽幫我們在陌生的當地小學註冊，我是五年級。開學的頭兩週，我尚未接受學力測試，被分配到某班，班上有個大個頭男生專挑我嘲弄欺侮。只要逮到我獨自待在圖書館角落或者躲在班級會議室後頭，就抓住我的關節，把我壓到牆壁、課桌、地板上，想要抓我的屁股。我扭著身體想要躲開，但是沒用。我的掙扎就像隻兔子：怯生生直到被逮住，然後狂踢狂扭。三週後，我轉到高級班，與生俱來的邋屜感卻難以擺脫。我跟班上三個黑人女孩做了一個月左右的朋友，然後她們開始霸凌我，我的成績直線下降。我簡直慘透了，永遠處於恐懼狀態，腎上腺素讓我陷入混亂，卻一點也不訝異自己的下場。我認為旁人看到的就是我眼中的我，我是活該如此，我是個毫無價值的慘逼，她們也就如此對待我。我不知道何謂憂鬱症，但是在家裡，我憂鬱，嚴重到老媽在寒假時幫我轉到基督徒隘口鎮的中學。

我既興奮又焦慮。我會認識某些同學，因為德萊爾小學畢業的多數學生會轉到隘口鎮中學，但這也是我半年內的第二個學校，前一次的經驗慘不忍睹。如果霸凌持續呢？我直覺知道自己會成為標靶，結果也如此。到了隘口中學，有三群女生霸凌我。休息期間，我都躲到藏書比我小學還少的圖書館。在那學校，我只交了兩個朋友，一個黑人女孩，一個越南女孩，聚在一起吃從學校食堂偷出來的小餅乾，聊男生，聊書本。我跟越南女孩比較親，因為她跟我都是「外來者」。她教我越南流行歌曲，我想用這個學越南語。但是到了更衣間、體育館跟多數課堂，我都是孑然一人，舉目都是霸凌者，成績持續下滑。

老媽不知道該怎麼辦。她對我的自我憎恨理解模糊不清，把我針對自己的厭憎解讀成一種針對她的前青春期恨意，因她離開父親、拆散家庭而憤怒不樂。因此她更加拉緊我，要求我承擔更多家務，照顧弟妹。她認為憑藉規訓可以讓我擺脫憤怒恨意。十二歲起，當她出門工作，我開始獨力照顧弟妹。儘管我的成績直線下滑，老媽認為我還是足夠聰明的，因此當她的雇主詢問我的課業成績，她便實話實說。老媽離開父親搬到葛夫波特後就給他幫傭。他是白人執業律師，耶魯大學畢業在紐奧良專攻公司法，老媽剛開始在他那兒工作時，他便聽老媽說長女多麼聰明，在公立學校表現出色，還加入資優生課程。針對他的詢問，老媽誠實說我的成績很差，不管在哪個學校都被霸凌。或許她的雇主小時也被霸凌，因為他雖壯得像美式足球線衛，卻輕言細語、溫文有禮，這很容易被視為軟弱。不管原因為何，他提議資助我學費，讓我轉到他孩子就讀的聖公會私校。這很不尋常。老媽自從遭老爸背叛，一直痛恨伸手乞憐。老爸走後，老媽一點銀行紀錄都沒，因為不管車子或者帳戶都在老爸名下，她只有四個小孩跟一張白紙的財務紀錄。直到今天她還是痛恨接受援助，擔心收受後被收回。老媽想了一會兒決定接受雇主的提議。當她問我要不要轉校，我開心說好。我知道老媽不管有沒有接受他的提議，都會繼續在這個人家工作，但是接受這個一家之主幫我付學費，我至少能鎖定他們的僱傭關係六年，直到我高中畢業，不管她做得是否愉快，是否想換工作。對老媽來說，她其實別無選擇，只有這個工作能讓她照顧小孩。她不要成為缺席的母親。

我不是唯一有學業問題的小孩。約書亞只肯做一點點功課，低空掠過二年級。娜蕊莎在幼稚園也有問題，送去見輔導老師，她打電話叫老媽去開會，說娜蕊莎注意力失調，必須吃藥。老媽拒絕。查琳則整日恍惚混幼兒園。老媽盡力幫助我們的課業。作業永遠擺在第一位。但是失去父親的感覺太強，失落感與不平衡感滲進我們的學業。儘管老媽已經盡全力，某些地方她幫不上忙。每天下課後，坐在桌前讀書，我們都盼著自己進步，奇怪的小孩直覺卻告訴我們失敗了。

搬到葛夫波特後，老爸來過一、二次，老媽只跟他短短交談，就把自己關到廚房或者房間，門扉緊鎖。她經常聽到我們跟老爸說話，繞著老爸跳舞，飢渴暈眩，明顯看出我們跟老爸在一起非常不一樣；他能夠奢侈付出感情與注意力，而老媽身為管教者，覺得自己沒辦法。或許她在我們崇拜的眼神裡看到她童年時也這麼渴望自己的爸爸。或許是這樣，在我們毫不知情下，她開始跟老爸談復合。

老爸大約第三次來訪時，坐在客廳，托盤放在腿上。老媽給他煮飯上菜；通常她不理他。吃完飯後，大家坐在客廳看電視直到老媽叫我們去洗澡。我們照做，她便送我們回房上床。娜蕊莎、查琳跟我躺在黑暗裡，身體隨著水床輕微起伏。娜蕊莎與查琳睡著了，我沒，等著側門打開關上，老爸去搭車，或者老媽會載他去當時的住處。離開老媽後，老爸一直換工作，那時失業，摩托車撞爛，汽車也報廢了。開關門的聲音沒傳來。我輕輕下床，希望沒吵醒妹妹們，躡手躡腳走向房門。我悄聲開門。屋內燈都關了，老媽臥房除外，但是房門關著。我踮腳走過通道去老弟的房間。

「約書亞？」

「嗯？」

「你醒著？」

笨問題，我溜進房間，站在下鋪旁。

「老爸還沒走。」

他說：「我知道。」

我不知道還要說什麼。我們在黑暗中坐了一會兒，聆聽其他房間的聲音，什麼也沒有，交談了一會兒：你聽見嗎？你認為？寂靜中，我揣想老爸是否回來了？我坐在約書亞床邊地板，腦袋靠著床。約書亞的呼吸逐漸沉重，我聽出他睡著了。他開始打鼾，我溜出他的房間，怯生生不敢走路，生怕老媽知道我沒在床上。我爬上跟妹妹共睡的床，把查琳推開，睡到娜蕊莎身旁，好久才睡著，我的心因恐懼與希望狂跳。

老爸就這樣回來了。

老爸把衣物跟他的功夫器械搬來，就跟老媽說他的夢想是開一間道館。或許老爸說出了夢想，老媽體悟到他的渴望多麼強烈。她默許了：你可以做。老爸的第一批學生會是我們，然後招收其他，再找個地方。老媽說，ＯＫ。沒說的是：當你逐夢，我會繼續工作，養活全家。大家依然沒體會到她的犧牲。老爸會說：有一天，我的學校可以養家活口。我想老媽心底也有點希望如此，所以同意了。

老爸先在比洛克西教課後活動課，接著在基督徒隘口鎮的舞蹈班開了一門課，又在葛夫波特開課。比洛克西的學生始終沒超過兩人，所以老爸取消了，專心另外兩處，學生較多，基督徒隘口鎮的有十個，葛夫波特的有時十五個。每星期總有四、五個晚上，他載我們去上課，一次三小時。我們算還不錯的學生；還住在德萊爾外婆家時，他便教我們套路跟一步對打，我們在破爛沙地前院學會了八肘[1]。在葛夫波特與基督徒隘口鎮的課堂上，老爸讓我們不斷做仰臥起坐、指節頂地的伏地挺身、套路、對打。雖說他的事業起步不錯，但是始終入不敷出。付完課堂房租，連汽油錢也不夠。一晚功夫課下課，我明白了這狀況。我們全擠在車上，包括艾爾登，離開基督徒隘口鎮返回葛夫波特，我發現車速漸緩。

老爸說：「沒油了。」我以為他在開玩笑，笑了出來。

他說：「真的。」

約書亞說：「我們沒油了？」艾爾登在旁坐直身體傾前。車子緩緩停下。馬路漆黑。

老爸說：「我們得推車。除了娜蕊莎、查琳，其他人下車。」這代表十二歲的我跟同是九歲的約書亞與艾爾登。我們上完課已經累得要命，還穿著練功服。

老爸說：「下車。」

我們下車。

他說：「來吧，好玩得很。」暗夜裡，他的牙齒發亮。這條孤獨的鄉間道路每隔四分之一哩就有路燈，但根本沒有來往車輛，老爸不想把我們扔在車上。他說：「加油站就在轉角，我們必須去加油站打公用電話。」我們點點頭。他說：「現在，我去駕駛盤那兒從前面推，你們三個都到後面抓住保險桿……對，就是這樣。」老爸走到前面，靠著駕駛座，呻吟使力。

他說：「現在推！」

我們緊靠車子推。它搖了一下但沒往前走。

「來啊，你們必須更用力推。」

我們的腳趾在網球鞋裡用力頂著破裂的瀝青，用我們的腿、我們的背、我們的手使命推。跟老爸一樣呻吟，使力，車子向前移動，緩慢到我不敢相信它動了。

老爸說：「繼續！加油站就在前面。」

根本不在前面，至少還有半哩，但是我不知道。每次我覺得再也推不動了，我的臂膀活像火燒成灰，我的腿整個垮掉。我想問老爸：我們真的快到了嗎？到底多近了？但是我沒問。根本沒力氣，他也聽不見。我只好瞪著汽車在暗夜裡的微

1 八肘，太極螳螂拳套路。

光，聆聽我兩側的約書亞與艾爾登急速呼呼噴氣。我想像有車子從後面趨近，減速開到我們身旁，搖下車窗，讓我們搭便車去加油站，或者從卡車後面撈出一罐備用汽油，我就可以不用絞乾身體的每一滴力氣。但是沒有車子來。沒有善心陌生人出現。空氣溫熱如洗澡水，也一樣壓迫，道路旁的間疏林木田野只有昆蟲與風在唱歌移動。加油站位於坡頂，最後一段路是陡坡。當車子抵達坡頂滑進打烊的加油站的車道，老爸的喘氣聲好像體內什麼東西破裂了，我則抖顫疲軟：無力。車子在停車場煞停，那是路面老舊早就被輾成砂礫的地方。老爸從運動提袋撈出兩分五毛錢銅幣，走到鐵門拉下的小店，撥打店門口人行道上的公用電話。約書亞、艾爾登跟我爬回車上，累到說不出話來。娜蕊莎跟查琳在前座熟睡。老爸回到車子，直到老媽提著滿滿一罐油出現前都沒說話。

她把油罐遞給老爸，跟我們說：「到家你們全去洗澡上床。」已經夜深，她嘴角緊抿。回到沒熄火的車上等我們。

我猜想老媽在勞苦工作中怨氣滋長，刷馬桶、給廣達四千平方英呎的豪宅拖地板，都是為了支持老爸追求夢想。而追求夢想的老爸則被現實嚇了一跳：他想像自己像睿智的武術大師，教導求知若渴、孺子可教的學生，就像我們星期日全家觀賞的功夫電影一樣。但是那些大師從不為錢煩惱，似乎也沒孩子。我揣想我的父母怨憎各自的家庭角色。老媽的對應機制是日益沉默，更加嚴格且疏遠；老爸則是看電影，那是他能與我們共享的逃避之道。

老爸帶著我們穿過屋後的樹林，經過連串院子，穿過社區來到葛夫波特的杜多爾路小商場。在錄影帶店裡，老爸會挑三片他想看的，我跟約書亞各挑一片。

約書亞跟我根本以恐怖片區為家。並肩站，研究錄影帶盒子上的圖片，通常畫得很糟，有點恐怖。我飢渴細讀劇情摘要，我看書也是這樣。我們看完店裡所有的主流恐怖片，開始看些較不出名的：精靈、馬桶妖、變形怪，在排水溝裡生活的奇特生物。老媽買了一臺爆米花機，週末時，我們就坐在地毯上，抱著大桶爆米花。要娛樂四個小孩，這可是最便宜的方式。我們愛死了。在那個額外得來的一個半小時，老爸離家時我們所渴求的雙親家庭得以完美的片段存在。我們對父母彼此的不滿一無所知，沾了奶油的臉蛋快樂嗤笑。

一九九〇年冬日某晚，老媽接到一通電話。是她在德萊爾認識的某位女士，在葛夫波特派出所工作。

「妳知道妳的車子停在哪裡嗎？」

那女人報了地址，老媽知道老爸在哪裡。跟他的外遇少女在一起，他把老媽的車停在她家的轉角處。我猜老爸跟老媽說他們斷絕往來了，他要專注彼此的關係，老媽去上班，他搞道館，一起扶養小孩。如果老爸沒說這些話，老媽是不會復合的。我能想像老媽聽到電話那頭女子的聲音是多麼恐懼，她的痛苦從胸膛一路沖刷下沉到腹部。掛斷電話後，她應該是坐一會兒，呆看地板與牆壁，腦海是恐怖的絕對寂靜，背景是我們的打鬧或電視聲。老媽會武裝自己，儘管她的盔甲已被磨到薄如鋁箔紙裹住她的愛，掀開來只剩疲倦。她的關節會疼痛，球狀指關節釋出的穩定疼痛有如細流，五年後，將被診斷為關節炎。清潔工作就是如此。苦勞就是如此。每天早上醒來忘記昨夜的夢，起身幹活也是如此。因為除了她，還有誰能幹活？

她要我照顧弟妹，走出門上車。那時她已經買了第二輛車，小小的藍色豐田可樂娜，換檔桿新到發出藍光。她開到那女孩家，無視她坐在老爸腿上，叫他把Caprice開回家，老爸照辦後，老媽便說他可以滾蛋。

老爸是個把夢想掛在嘴邊的人，儘管我還沒進入青春期，也知道那是什麼。好多年來，我知道他想開道館。我知道他還有其他夢想，隱約了解卻無法明述，年紀漸長也一樣。那輛買來毫不明智的摩托車，上面有鉚釘、邊線抽絲、大熱天裡也不脫下的皮夾克，還有騎車時隨身聽播放的王子歌曲，老爸的心遠遠大過他被賦予的人生。他永遠愛戀地平線那頭的希望，永遠愛戀他背棄婚姻弄上手的女人，一個換過一個，全是他眺望另一個現實的肉體望遠鏡。

從加州到密西西比的長途車程裡，老媽埋葬了她的夢，與我的弟弟一起隱密埋於子宮裡，恐懼感牢牢下沉，儘管堅定卻也深信這一切徒勞無功。她想要逃脫與生俱來的角色：賣力工作的女人、缺席的父親、低教育程度、機會闕如。她企圖逃脫歷史的傳承，老爸也一樣。她當初離家到加州跟老爸一起，是她追求自由的一大賭注。重返家鄉形同失敗。她回到貧窮的鄉間，回到貧窮南方黑人女性情境所要求的無盡犧牲。但是夢想仍活在她對老爸的想像裡。或許如此，她對老爸的愛既深且長。或許如此，當老爸現身門口，老媽把塞了皮夾克、黑色運動褲、抽絲黑色T恤的垃圾袋遞給他，叫他**走**，才會傷得那麼深。

就這樣，老爸離開了。

老爸走後，我繼承了責任的衣缽。如果我們還待在德萊爾，家務會輕鬆些，在葛夫波特，老媽不可能獨自扛起整個家。我必須學習。她給了我一副家鑰匙，加在逐漸增長的責任名單上。除了晾衣服，收衣服，摺衣服，放好衣服，吸塵、撢灰、打掃浴室、暑假期間老媽上班時照顧弟妹外，這副鑰匙代表上學期間，我們下課而老媽還沒下班，我得負責讓大家進門。但是即便在青春期，我也是個心不在焉的孩子，忘東忘西。暑期裡，我常把鑰匙落在家裡，拉上門把我們鎖在門外。老爸離家後，老媽不在家就沒人開門。開學後，我又常把鑰匙忘在學校，跟弟妹回到家門口才發現。

我摸索短褲口袋。約書亞站在我手肘旁，查琳抱在我的腰間。

「我忘了鑰匙。」

約書亞說：「蛤？」

我撥撥查琳的腿，希望她能滑下來站著。但是她不肯。

我說：「我真是笨死了！」

我看看約書亞，他才九歲，卻只比我矮了幾吋。他翻白眼。

娜蕊莎說：「我得尿尿。」

查琳說：「我也是。我要尿尿。」

「我們只能去林子裡尿。」

娜蕊莎說：「我不要去林子裡尿。」

查琳說：「我也是。」

我抓著娜蕊莎的手往前走，約書亞尾隨。我帶著他們繞過院子進入老爸帶我們去錄影帶店經過的林子，以前沒有老爸陪伴，我們不可以穿越林子到杜爾多路去。進入林子約莫十五呎，小徑右邊有濃密樹叢，再往下的樹叢裡有個棄置的雙人床墊，可能是前任租客扔的。我想這裡可以了。

我說：「來吧。」帶她們繞到樹叢後面。查琳開始哭。她深信自己脫下褲子就會被咬。蛇。不然就是螞蟻。

我說：「無有蛇啦。」儘管炎炎夏日樹叢下可能到處是蛇，大熱天裡，爬蟲動物需要陰涼。

查琳抗拒。

我威脅：「那妳想尿在褲子上？」查琳哭著蹲下。霸凌她，我覺得內疚。我說：「妳看，沒那麼恐怖吧。」查琳點點頭，手背抹掉鼻涕。一直在旁看守小徑的約書亞奔去床墊。

他說：「我要來個空翻。」他短跑跳上床墊。我預期他會彈得高高，在空中翻騰。但是他只彈高了一呎，底下沒有彈簧，床墊根本就是爛跳床。但是他還是做了前空翻，背著地。當他站起身，暈頭轉向地笑，搖搖擺擺，又去跳。娜蕊莎奔跳加入，查琳也放開我的手跑向床墊，蛇啊螞蟻啊早就拋諸腦後。

儘管我跟老媽一樣，父親離家後扛起責任（雖然她的遠比我沉重），但我畢竟仍是個孩子。我們全是孩子，迷戀樹林的美麗與神祕，在這種微不足道的自我放逐中得到某種快樂。放學後，我們就這樣撒野數小時，直到老媽回家。

一天，我跟查琳、娜蕊莎把花兒織成戒指與項鍊，約書亞回來坐到我們身旁。他剛剛去探險。

他說：「我發現一個東西。」

「什麼東西？」

約書亞說：「一個祕密房間。我指給妳們看。」

我們跟著約書亞進入林子，沿著朝右彎的小徑，可以穿過小區到杜爾多路的雜貨鋪。路面很窄，我們形成一排。泥地的矮叢與野草濃密，刺搔我們的小腿與腳踝。我抱起查琳，她才四歲。約書亞帶頭，娜蕊莎緊跟他身後，自豪才六歲就能跟上哥哥。約書亞帶我們離開小徑，我把查琳撈到背上，彎腰，近乎爬行穿過長滿樹葉與尖刺的樹叢，蹣跚越過像荊棘的黑莓叢，松樹在頭頂抖擻。突然林木大開，出現一塊空地。泥地鬆軟濕潤，鋪滿松針。

約書亞蹲下說：「看。」他在看似沿著淺溝生長的草堆摸索，推開泥巴，傳出抓刮聲。草兒移開後，原本的淺溝出現一個黑色的洞。他說：「妳們看。」

我們擠在他後面。我抓住娜蕊莎的手，彎腰俯過約書亞瘦小的背脊才能看清。有人在地面挖洞做地窖，鋪上二乘四的木板，再蓋上松針掩飾。

我問：「誰弄的？」

約書亞說：「不知道。」他在這兒結交了一些朋友，黑人小孩跟一個白人小孩，就跟我的女性朋友一樣，都來自只有媽媽的單親家庭。我想，或許是他們弄的，但這些男孩打赤膊騎車經過街上，妳連他們有幾根肋骨都數得出來，瘦巴巴膝蓋突出如門把，他們弄不出這麼大的洞。我想：得花很多時間挖，還有策劃。

我拉著娜蕊莎的手說：「咱們走。」

約書亞問：「妳不想下去看看？」從那樣子，我可以判斷他沒下去過，盼著我們可以一起探險。

我說：「不。咱們走。」

我拉著娜蕊莎往前走。

我跟查琳說：「抱緊。」她夾緊掛在我腰間的腿，腳踝交叉。我推開沿路的樹枝，側著身子鑽過矮樹叢回到小徑。約書亞站在我們身後，仍朝著洞穴的大口望。

我說：「來啊！」

他遲疑了一會兒，跟上。到了小徑，我開始跑步，查琳在我背部上下跳動，笑。我說：「跑。」

我們一起跑，絆著樹根，植物像釣魚線抽打我們的腳踝。跑到小徑底，跑過床墊，跳過區隔林木與我家後院的小溝，進入圍籬裡，回到後院，站著大喘氣。我打開水龍頭讓大家喝水，一整天都不讓他們離開後院。約書亞是在床墊胡亂跳了幾次，他是我們回家前唯一再度進入林子的人。

那晚老媽嘮叨我又忘了鑰匙。洗完澡上床後，黑暗中，我沒睡，瞪著天花板，想要看清五斗櫃、填充玩具，以及我養的一條魚，此刻待在小如淺碟的塑膠長形水箱裡。我盼著它們閃閃發亮，安撫我，讓我知道自己並不孤獨，但是黑暗裡它們只是默默，視線不能及。我想搖醒娜蕊莎，她會在黑暗中張開雙眼閃現眼白，或者至少對我咕噥，但是我沒有。伴隨父親再度離去而落到我肩膀的責任，我的背棄感與自我貶抑也再度勃生。當我躺在妹妹的身旁，質疑父親對我的愛，我把林子裡的地窖等同於自己的活該悲慘。我沒搖醒娜蕊莎，躺在黑暗裡，我想像那個地窖將來會張大嘴，像個墳墓。

第二天，我沒問朋友凱莉地窖的事，也沒問朋友塔咪卡，或者朋友辛西亞。相反的，我赤腳站在房子旁的空地，一邊想著地窖的事，一邊聽凱莉說話。

「女孩，妳聽過那個白人饒舌歌手的新歌嗎？」

我一臉困惑。

她說：「他真好看啊。」那時我十三歲，只有瘦削的線條，渾身稜角，還有亂糟糟捲髮，老媽已經放棄梳理，改用直髮膏。凱莉說這話時綻放笑容，全身抖動，女性象徵如水搖動。她十四歲。朝我翻白眼。

「妳看到就知道了。」

我終於在電視看到他，這位白人饒舌歌手線條硬實，穿了亮片衣裳。我覺得有些鄰居男孩比他帥，顴骨高聳、頭髮黑亮、暗色到幾乎墨黑的眼睛。這些男孩跟我老爸年輕時很像。但是我沒男朋友。自認太瘦太醜，交不到男友；我絕不會接近一個陌生男孩跟他說話，多數時候，他們也不會接近我。就算他們主動接近，我不會受寵若驚只會尷尬。但是凱莉有男友，凱西也是。她是我在基督徒隘口鎮的中學同學。我們會通電話，她會講些故事。

她說：「我差點做愛了。」

「蛤？」

「真的。」

「當真？」

「我男友那天來，老媽不在家，我們在房間親嘴什麼的，他想要放進來，但是不成功。」

我說：「哦。」吃驚於她的大膽腆顏。

她說：「我想上帝不認為這是恰當時機。」

儘管我們才十三歲，我還是很訝異她提到上帝。那時我的概念中，上帝跟禁止未婚女性與青少女性行為一點關係也沒，我不懂她的邏輯。

我說：「大概吧。」

老媽上班時，我們是不准其他孩子進屋的，主要也是我不喜歡。我多數跟朋友在街上或林子裡碰頭，而且搬到葛夫波特，我所有朋友都是女的。雖說她們都在約會，我卻不想。我還是閱讀，有時偷偷玩洋娃娃。老媽上班時，我只有一次讓男孩進門，不是因為那男孩吸引人，也不是我希望有點搞頭，我讓他跟他的朋友進門，因為他們是約書亞的朋友。真是災難。那是發現地窖後的幾星期，兩個我們認識的鄰居男孩過來。菲力普是約書亞的朋友，比約書亞瘦，或許高個幾吋，喜歡把頭髮梳成偏一邊堆高的傻瓜（Gumby）髮型。他的朋友叫湯馬斯，大約跟我同年紀，我們不熟。他比菲力普至少高一呎，扁平大鼻子，肩膀傾斜，跟身體形成角度，好像整個人沒法對齊。

湯馬斯問：「我們可以進來嗎？」

約書亞、查琳、娜蕊莎在客廳看《你不能在電視上幹那事》（*You Can't Do That on Television*），我站在靠停車棚的側門。男孩背後，日光晃眼熾熱，昆蟲在熱氣中大聲哀叫。儘管老媽為了省夏日電費，把恆溫器定在攝氏二十六點六度，屋內還是比較涼快。老媽說誰敢動設定就吃鞭子。我們沒動過。

我說：「大概可以。」

兩男孩隨著我進入客廳。菲力普坐到沙發跟約書亞一起，開始聊天。我坐在長沙發。娜蕊莎與查琳本來在扮家家酒，地板上的洋娃娃進餐到一半，她們看了我們一眼，就繼續玩。

湯馬斯問：「我可以坐妳旁邊嗎？」

我說：「大概可以。」

湯馬斯坐到沙發上。

「你們今天都幹啥？」

我說：「沒什麼，看電視。」

「外頭熱得很。」

「是啊。」

湯馬斯靠近點。他的腿碰到我的腿，我往旁挪，更靠近沙發的凹洞。

「妳媽呢？」

我說：「上班。」

湯馬斯又靠過來，腿再度碰上我，我想挪開，但是我已經卡到沙發的扶手。我不明白他幹啥不跟約書亞或菲力普說話。

湯馬斯問：「妳幹嘛一直往旁邊挪？」

我聳肩，拿肩膀對著他，閃開他的臉。約書亞跟菲力普仍在說笑，從側門出去，門關上。

湯馬斯說：「我喜歡妳。」

我啞了。他擠壓我，我卡在沙發靠墊跟他中間。我半站起身，他抓住我的手臂，拉我坐回沙發。

他說：「妳不喜歡我？」

我搖頭。他的手溜上我的手臂、肩膀跟脖子。我扭開身體，他跟著欺過來。我無助。

我說：「住手。」那像吱叫。

「啥？我又沒幹嘛。」

我說：「不要碰我。」心想，我這是自找的。

他說：「女孩，少來。」再度貼上來，嘴兒堵過來。狠狠抓著我的臂膀。我想，這是我的錯。查琳跟娜蕊莎沒聲音。

我說：「住手！」整個沒法呼吸，他個頭太大了。我想，只要乖乖坐著，忍耐得夠久，就會結束。

查琳本來蹲在地上，突然跳起身衝向沙發。跳上湯馬斯的大腿，在他身上猛跳，猛捶胯下。

她大叫：「你放開我姊姊！你放開我姊姊！」

湯馬斯說：「別纏著我。」他身體稍偏想推開查琳，終於有足夠空隙讓我逃脫。我站起身。

查琳邊踢邊叫：「放開我姊姊！」娜蕊莎在哭。我一把從腋下撈起查琳，抱在腰間。查琳讓我找回聲音。

我說：「滾出去！」

「蛤？」

我說：「滾出去！不然我要打電話給我媽。」

他從沙發上跳起來。我奔到側門，查琳還抱在腰間，把門打得大開，白日熱氣竄進來。

「滾！」

他從我身邊走過進入熱暑，低頭看我們。

他說：「操妳！」

我說：「我才操你！」重重甩上門，鎖上。很訝異自己能氣成這樣。

湯馬斯用力捶門。

他說：「妳這個笨蛋賤人。」

我說：「我不是賤人！」儘管這樣說，我還是羞愧先前在沙發居然沒有用力反抗，心想，我還得讓個三歲小孩拯救我。

他又捶門：「操妳個蕩婦！」

我離門遠一點，查琳抱緊我。我們瞧著抖動的門；查琳全身戒備，打算再度撲上他。我想，我真是可悲。此時後門傳來敲門聲，約書亞打開門進入屋內。我把後門也鎖上。

約書亞說：「妳幹嘛鎖側門。」湯馬斯再度捶門。我牢鎖後門，聽見菲力普在停車棚那兒笑。

我指著側門說：「因為他。」

湯馬斯又捶一下門喊：「賤人！」然後門後一片寂靜。我放下查琳走到前面的窗戶，從百葉簾後面偷窺，那兩個男孩蹦進豔陽下，然後速度放緩走在路中間。我一直瞧，直到他們消失於屋子轉角。

此後不管老媽在家與否。湯馬斯會逮住我獨自晾衣服、掃停車棚的機會。他不會進院子，卻在圍籬轉角或者後面的樹林徘徊，大叫：我知道妳聽到我在跟妳說話。妳聽到我跟你說話。然後說：我看見妳。當他這麼說，我以為他是說他瞧見我的悲哀，知道我活該被一個男孩、任何男孩、所有男孩、所有人這樣對待，而我相信他。

老爸走後，老媽日漸退縮。在家時就是打掃，要不待在廚房煮東西。不再有電影馬拉松。我們家得用食物券，整本整本的，每次在「殖民麵包店」用食物券買東西，我都覺得丟臉，但是老媽毫不在乎，用它填滿冰箱。老媽不像老爸，她對肢體接觸表達感情很不自在。她不會擁抱、親吻我們，跟我們說話時也不碰我們，跟老爸不同。有時我覺得老媽認為她若稍微放鬆，勞苦打造來支撐我們的世界就會瓦解。她對我們的愛無法形諸於外，卻又龐大、猛烈、原始如有時橫掃我家後面林木的野火，除了提供一個家、打掃、照顧我們、管束我們，她就只剩一個方法表示愛：烹飪。她會煮大鍋的秋葵濃湯、牛肉蔬菜湯、豬排、馬鈴薯泥、燒烤、紅豆、米飯、玉米麵包跟甜點——山核桃糖果、藍莓瑪芬、德國巧克力蛋糕，以及黃色彩飾大蛋糕，費心用糖霜做出複雜的花朵與枝蔓。

當她不燒飯，就待在自己的房間看電視。她在鄰居中只有一個朋友，是她遠方表親的太太，就住在對街。這位表親困於毒癮，老媽有時會給他老婆與家人送點食物，容許他們的小孩進我家玩。老媽還有一個密友，也是表親，已經搬去亞特蘭大。除此，她沒朋友。她不信任男性，同時也看到女人可以很狡猾殘酷。老爸的外遇對象中不乏她的朋友，有些打小就認識，老媽的羞恥成為她們的榮耀，會打電話給她說：*他不愛妳——他愛的是我*。她不信任男人與女人。孩子是她唯一的伴侶，她全心愛著喜歡成群吵鬧的我們，卻甚少耐性，因為她這輩子都在帶孩子。一九九〇年夏天，她的選擇以及她的生存處境就像滾水冒泡沸出鍋子燙傷她。她無法獨力負擔，蹣跚跌倒。

我們只要做錯事，譬如洗完澡後老是把衣服扔在浴室地板，譬如吵架打架，她就會抽我們，用的是木製玩具掃把的短桿子。有天老媽去上班，約書亞找到那根桿子，偷偷拿去林子裡丟掉。老媽就再買一支。連續數個月，除了體罰管束，她不碰我們，之後改用心理戰術。有天，她威脅把我們送人收養。晚上聽到我在房間啜泣，把我叫她的房門口，問我為啥？

「妳說要把我們送人。」

她說：「要不是你們這麼不乖，我根本不用威脅。」

儘管如此，我們總是覺得自己不夠好。我辜負她。或許出於她的孤離與寂寞，或許出於她渴望透露為什麼強調管紀律，或許出於她想警告我不要複製傳統，一天我們購物回家，車子停在車棚，她叫我的弟妹進屋，然後說：「等等——妳留下。」然後她做了一件極其困難的事，嚴重悖離她的本性；她跟我說話，告訴我一些故事。她說：「咪咪，妳的父親……」這是她多年來第一次打開心房，講了一些我當時能懂的事，一些我到了她的年紀才懂的事，以及一些至今我仍不明白的事，關於她如何從小照顧弟妹，她跟外婆的關係，她愛自己的父親與丈夫，卻一次又一次失去他們。十三歲的我瞥見老媽的某些傷痛。那個下午，我明白她的某些負荷，有的與我相似。那一刻，我深切體會身為我母親的女兒是什麼滋味。有那麼一會兒，我有了超越年紀成熟度的智慧，做了我該做的事。我聆聽。

有空時，老媽也會聆聽我們徒勞無功的抱怨。我們說想念德萊爾。想念赤腳跑在泥地上、吃飽含陽光糖分汁液的熱黑莓、在河中順水漂流。我們不喜歡夏天時在貝萊爾小學緊緊排一排領免費午餐，不自在，窮酸。所以老媽問我們：「你們都想搬回德萊爾？」我們說是的。

出於需要，老媽一向勤儉，存了足夠的錢，跟她的姑姑買了半畝地。一九九〇年我們搬家前的那個夏天，她帶著彎刀、電鋸跟舅舅們開始整地。有時她不上班的日子會帶我們去，有時不。一天她去整地，我跟約書亞把查琳、娜蕊莎留在家裡走進林子。如果老媽知道我把年幼的妹妹單獨留在家裡，鐵定會生氣，但是我想再看一次那個地窖。我必須知道它是否還在小小空地上張著一張嘴。我並不完全理解它對我的象徵意義，它具現我蓄累在體裡的怨恨、自棄與愁苦，也具現了我在葛夫波特的黑暗時代，被霸凌，也被性騷。我並不明白它成為我的惡兆。當約書亞跟我到了那裡，發現本來蓋在地窖上的木板不見了，敞開的洞巨大，兩旁有松針，像張大嘴的深溝，四四方方，漆黑。人為洞穴的幽暗深邃這樣暴露於外，不知為什麼更恐怖，那種恐懼直達五內，好像我已經置身其中，世界限縮成跟它一樣大小；松針搔刺我的手腿，四壁高如排排大樹困住我，天空模糊，我無法逃脫。它的幽靈鬼魅會一輩子尾隨我。約書亞跟我瞧著這張大嘴，誰也沒說話，然後轉身離去。我不知道他的感覺是否和我一樣，站在恐怖洞穴的鬆動邊緣，瞧見我們即將扛負的可怕未來。

屋內一團亂，但是娜蕊莎跟查琳沒打破東西，夠好了。我分派他她們小任務，收拾散布客廳的玩具，我去洗碗。約書亞在後院。我雙手溼漉滿是泡沫走向窗戶跟他說話。

我說：「約書亞，你得進來倒垃圾。」

他說：「好。」

我洗完一水槽的杯子，開始洗碗。約書亞還是沒進來。我又走到窗口。

我叫：「約書亞！」感覺挫敗，我還是個孩子卻扛著成人的責任。我不適任。我失敗了。

我的弟弟站在後院，朝黑暗的屋內望。他不是在看我，我突然注意到他幾乎和我一樣高。陽光下的他眯著眼，頭髮被照成砂棕色，黑色T恤合身，被還在長肉的十一歲身體撐繃。約書亞瞧著紗門，好似能清晰瞧見我滿手泡沫、手指皮起皺、因挫折與自我唾棄而牙關緊鎖，他恨我。我們即將邁入成年，就這樣，我跟我的兄弟理解了成為女人代表：埋頭幹活、陰鬱頑強、滿腹憂慮。成為男人代表：怨恨、憤怒，盼著跟眼前完全不一樣的生活。

朗諾德・韋恩・李察納

生於：一九八三年九月二十日
卒於：二〇〇二年十二月十六日

他長大後將讓女人心碎。

那年我十五歲，朗諾德九歲，身材矮小，四肢均勻，當時就可看出他長大後會更好看。他走路腳步輕盈，好像永遠踮著腳打算惡作劇或逃跑，消失於小學的走廊。他讓我想起那個年紀的約書亞。朗諾德同樣生長於全是女性的家庭；我跟他的長姊是小學同學，玩耍時常被老師打斷，問我們是否有親戚關係。他們會說：妳們長得好像啊。朗諾德跟我的表親湯尼站在一起，看起來還比湯尼更像約書亞。湯尼也是九歲，膚色比朗諾德黑三層。

我是「上帝的萬物生靈」夏令營輔導員。這是我的高中「海岸聖公會」贊助的活動，旨在提供貧窮小孩免費的暑期活動。身為主辦學校的學生，我可以申請成為輔導員志工。至於貧窮小孩，就我認識的德萊爾與基督徒隘口鎮的孩子幾乎都有資格參加，但是那年夏天只有三人報名：安東尼奧、我的表親羅嘉跟朗諾德。我在出席表上記下湯尼的名字。

我對朗諾德微笑：「這位是誰啊？」他緩緩露出笑容：牙齒雪白，膚色古銅、大眼睛棕黑色，鼻子有些許雀斑。我心想：他把得到所有女孩。

他說：「朗諾德．李察納。」我在表上記下他的名字。

我說：「你們會跟其他男孩在一起，來，我帶你們去你們的工作檯。」我寫下羅嘉的名字，牽著她的手，帶她走過學校走廊，回頭瞧，確保湯尼跟朗諾德跟在後面。朗諾德對湯尼笑，說了什麼他倆才知的笑話，湯尼笑了。

我自願當基督教夏令營輔導員，因為想離家兩星期。約書亞已經夠大，白天我在營隊、老媽在工作，他可以照顧娜蕊莎和查琳。他跟兩個妹妹不想參加夏令營，覺得很遜，說：「都是些白人，還有啊，教會。」我聳聳肩。我正進入虔誠基督徒的最後階段，幾乎每小時就有半小時在禱告，想著上帝，覺得自己充滿聖恩。當我六年級轉到聖公會學校，真的很難抗拒上帝永遠愛我的概念，連我的疤痕都愛。我想這個男人永遠不會離開，我永遠不會對他失望。年紀稍長後，我逐漸遠離教會，因為我看出教規的僵化以及某些最虔誠的同學又是多麼虛偽。到頭來，我明白有時某些人就是能獲得赦免。

我是啦啦隊，跟負責帶隊的其他高中生與兩位神學院生不同，我不教藝術、工藝，或者透過教唱基督教民歌來讀經，我教舞蹈。協同另一個輔導員，我們編舞，教孩子們跳〈駝背舞〉（*Humpty Dance*）[1]與〈希望我稍微高一點〉（*I Wish I Was a Little Bit Taller*）[2]，預定週末時表演給其他學員看。第一天，朗諾德似乎不為所動。

他說：「妳根本不懂跳舞。」

我說：「我懂。」

「所以妳會 pop。」[3]

「對。」

另一位輔導員正在教其他小朋友舞蹈的基礎跟數拍，「一、二、三、四、五、六、七、八。」

1 嘻哈團 Digital Underground 的暢銷曲。

2 嘻哈歌手 Skee-Lo 的暢銷曲。

3 Pop 是街舞的技術，借由各部位肌肉迅速地收縮與放鬆的技巧，使舞者的身體產生震動的感覺。這名詞沒有通用翻譯，多數直接用原文。

「跳給我看。」

「我可不搞 pop 給你看。」

「我會哦。」

「才怪，你不會。」

湯尼慢慢走過來。

朗諾德說：「妳看。」他張開腿，手掌往前伸，掌心朝下，開始前後衝刺胯下。

我笑了。他果真會 pop。湯尼加入他。

「我們可不會把這個加入表演。」

朗諾德問：「做啥不？」

他的嘴角輕扯，這傢伙天生會調情。

「你真以為其他男孩肯做？」

他說：「是的。」

「你願意做，湯尼？」

他說：「是。」

我雙手抱胸說：「ＯＫ，我們把它放進去。」

朗諾德很迷人，愛現。午間點心時間，當我捧著擺滿果汁與全麥小餅乾的大塑膠托盤經過狹窄的學校走廊，他會站在光線昏暗的廁所門口，拍打面前的空氣，表演 pop。我笑了，杯子裡的餅乾滑過托盤，果汁從牛油紙杯口濺出，變成細流，等我終於走到教室，所有紙杯底都濕了。

朗諾德在舞蹈課很快就跟上，他跟 C. J. 一樣有運動細胞，瘦削矮小。他能速速學會動作，再加入自己的特色。我本以為朗諾德跟湯尼交情那麼好，可能會不尊敬我的權威，跑去玩學期結束後仍扔在教室的東西，或者說要上廁所，卻消失於陰暗的走廊一小時。但是他們沒。我要求他們聽，他們便聽，執行我教的奇怪舞步，每次兩人相視或者做八拍 pop 就開心滑行。

兩星期快結束，我們拿長形塑膠布灑滿清潔劑跟水，自製水滑梯。天空是無邊的藍，空氣清新，沒有夏日常見的陣雨。我們把兩個水滑梯鋪到操場的斜坡上。

我的一個共同輔導員打赤膊，膚色白皙，在太陽底下燦笑，迫不及待要嘗試水滑梯。他衝向前，一跳，腹部趴地從斜坡下一路滑到底，咻一聲衝過草地。當他站起身，胸膛紅紅綠綠，我想這不痛啊？

他說：「棒透了。」

朗諾德跟湯尼也想試試。

湯尼說：「妳等著看哦，咪咪。」他跑向坡頂滑下，重重的著地聲聽起來很痛，但是他在泡沫水中笑，一直滑到塑膠布尾端，在泥地中停止。朗諾德把湯尼的成功視為挑戰，也快步跑，整個人趴到塑膠布上，火速滑下，直到草地才停下。朗諾德隨即起身跑到水滑梯上方，湯尼已經滑下去。我加了更多水跟清潔劑，其他男孩也跟著玩，歡呼，衝到草地上。朗諾德站到我身旁，臉龐跟頭髮上有草。我撥開它們。他的臉摸起來燙而濕黏。

朗諾德說：「妳也該上去。」拍掉滑到嘴邊的綠草。

「不。我沒帶泳衣。」

「就穿這個去啊。」

「那我不就整天得穿著濕衣裳？」

他說：「來嘛。」

「不行。」

我又撥掉他臉龐上的一小條草，他抖了一下笑了。男孩們結伴從他身旁跑過。我說：「你真可愛。」我想朗諾德早就知道這點，所以說出來無害。

他說：「總有一天我會娶妳。」

「真的？」

他點頭說：「是。」露出他的迷人笑容。

「你保證？」

「好。」

我笑了，又撥掉一根草。朗諾德奔到水滑梯，湯尼跟在後面，砰地趴上去，炙熱的太陽晒得他們皮膚更黑。我把T恤的袖子捲高到腋下，晒熱我的肩膀，告訴男孩們休息時間結束，他們奔回教室，朗諾德與湯尼在後面慢吞吞。

我指揮他們：「幫我收拾水管。」幾片雲匆匆奔過天空，遮住他們的模樣，雲兒散去後，我瞧見湯尼跟朗諾德拿著清潔劑空瓶，拖著水管，肚皮上有泥巴跟草的髒印。他們瞧見我在看，便停下來在操場跳舞，抱著瓶子與水管表演pop。他們就像狂歡節遊行花車經過時在旁跳舞的醉漢。我笑了。陽光捕捉他們的身影，他們真是漂亮。

年歲漸長，朗諾德長高，臉龐變大，五官立體，肩膀變寬，腰圍相形變小，但是酒渦浮現，他還是那個站在操場、陽光照耀古銅膚色閃亮的九歲男孩。伴隨年紀，朗諾德的魅力、性感、英俊並未消失，反而更顯自信，尤其與女人相處。有時我會在德萊爾與基督徒隘口鎮遇見他，從紐約返鄉，也會在老媽家碰見他，他與查琳是好朋友；當他經過起居室去查琳的房間，臉上老是掛著笑容，身體微微前傾，全身角度和諧如歌。我從未想過他有陰暗的一面，從未見過他情緒低落，或者憤怒沮喪。我還太不成熟，從未想過自己青春期的暗鬱、自我憎恨、一文不值感也會發生在社群裡的其他人身上。

當時我不明白其實大家都有相同沉重壓力。我的社群普遍缺乏信任感。不相信社會能提供我們基本需求：良好的教育、人身安全、工作機會、司法公平。我們不信任社會，更不信任周遭的文化，不信任彼此。我們不相信父親會養育小孩，提供溫飽。就因欠缺信任，我們努力保護自己，男孩變得仇恨女性、暴力，女孩搞兩面手法，人人絕望。有人因壓力而變得憤世、侵蝕了自信，痛恨眼前一切：我們的匱乏與我們的內在。為了麻痺這種感覺，有些人投向毒品。

但是二〇〇二年春天，我不知道這些，在公園遇見朗諾德才會覺得他是快樂的。娜蕊莎那時坐在球場旁的車上享受微弱陽光，後來我才知道那是戴蒙的車子。我跟希爾頓坐在看臺，看朗諾德跟一個女孩打球。我當時返鄉探親，能夠再度坐在公園，在灰暗天空與大樹下享受片刻靜心，真是一大撫慰。

球場上，朗諾德在笑，亂吃豆腐。袖子捲到手肘，兩手高舉，鼠蹊碰撞女孩，假裝是在防守。她運球，彎身，微笑，回頭看他。他則在看臺附近滿臉鼓勵的微笑。

這是朗諾德完全成熟的調情手法：老練的，肉慾的。希爾頓坐在我旁邊，笑看發展。那女孩頗狡猾，知道朗諾德的意圖，並未阻止。她是青少年，運球時的每次扭臀、每個笑容與輕笑都散發初綻的性魅力。球場的另一頭，查琳跟C. J. 拋球給彼此，玩起二十一[4]。朗諾德跟女孩打完球後爬上看臺坐到我們身旁，希爾頓遞了一根雪茄給他。

我問：「咱們還要結婚嗎？」

朗諾德說：「是啊。」希爾頓哼一聲。朗諾德神色欣喜訝異，回說：「當然啊。」那女孩走向車子，朗諾德吸了口雪茄，起身跟上。

查琳說他們那天後來開車去德萊爾，抽菸聽音樂打屁，提到了我。她的朋友提到我穿運動內衣與短褲在街上慢跑，一撮捲捲的頭髮從髮髻跑出來，在背上彈跳，右腳踢圈，雙手下垂，手掌張開。其中一人曾問我：妳這是幹啥？跑步還是游泳？還有一人會騎車跟在我後頭，哇啦啦聊著鄰里間事、天氣、那天要幹啥、街頭晃蕩的快克毒蟲，全程還哼著幾句最新歌曲。有一次，我辛苦喘氣冒汗請他滾開。他說，妳傷害我的感情了。又說，妳跑步的樣子還是奇怪。查琳、C. J. 跟朋友就在車上

4 二十一（twenty one）是街頭籃球的一種，沒有犯規限制。

這樣議論我。朗諾德遞出大麻雪茄，制止他們。

他說：「閉嘴。那是我老婆。不准議論我老婆。」

其中一人說：「隨便啦。」

他說：「我不是搞笑。」

他們全笑了，停在杜鵑花叢足足一人高的車道上，抽菸打發一下午。

那天在公園見到朗諾德後，我自認明白他。想著若是我年輕點，跟他一起上中學，他正是那種我會墜入愛河的男孩：風趣、自信、迷人，有點高傲。但是我對朗諾德知道得太少，不知道他的生活，不知道他有多快樂還是多不快樂。我看到他時，他十九歲，跟母親同住，經常爭吵，便搬出去跟姊姊住。幾個月後，跟姊姊也吵了，搬了出來，那年秋天有段時間他無家可歸，霸居一個廢棄房舍，直到他的表姊、二十多歲的賽琳娜得知，追蹤到他說：「親人是不淪落街頭的。」朗諾德搬去跟她住。

朗諾德吸食古柯鹼，偷雞摸狗搞錢。這是他家庭失和的原因。她們愛他，希望他開始工作，不要再用藥，他沒辦法。他知道自己辦不到，所以跟賽琳娜說想去勒戒：他愛媽媽與姊姊，斷絕親緣讓他很痛苦。他認為自己無法取悅生命裡的任何女人，女朋友也一樣。年輕時代的魅力與討人喜到了成年就像扁桃腺與盲腸一樣無用。他知道如何航行於黑人小男孩世界，成人了卻像解纜的船隻飄蕩。南方年輕黑人男性特有的艱難處境、失業、貧窮、尋求毒品做為解方，在在讓他失去方向。

朗諾德搬去賽琳娜住處後，她曾拜訪朗諾德的母親，告知她一切安好，朗諾德有在幫忙，幾乎像父親般照料她的兒子，賽琳娜去上班，他便整個下午陪伴她兒子。她想讓朗諾德母親知道他沒事。朗諾德的母親則表示她對朗諾德的毒癮束手無策，挫敗。朗諾德認為這是母親的排拒。

當他們躺在賽琳娜的床上，瞪視天花板，瞪視他看不見的天空，朗諾德跟賽琳娜說：「這像是老媽把我推向街頭。」

賽琳娜說：「表弟，壓根不是這樣。」

朗諾德說：「我覺得她們就是這樣。」

「她們只盼你能有更好的發展。」

朗諾德閉上眼，吞下話語。

「她們要你找份工作，賺正當錢。」

一晚，朗諾德跟賽琳娜開車遊基督徒隘口鎮，停在一棵大橡樹下，這樹區隔了鎮立公園與美景街、高速公路與公路再過去的海灘。老爸曾說小時他在公園被管理員追趕喊罵「黑鬼」，只因他是黑人。巨大橡樹的美麗以及南方地平線過去的大海都未能忠實陳述歷史。賽琳娜跟朗諾德坐在車裡討論他的心魔。

他說：「我當時坐在老姊的車子裡，就停在這裡。」

橡樹無視海灘微風輕拂。

「槍就放在座椅下面。」

風兒扯緊樹上的西班牙苔，像旗幟。

「我撈出槍，打算扣下扳機。」

西班牙苔繞住樹枝，糾纏。

「就在那時手機響了，是我姊。」

賽琳娜問：「為什麼？」

「我有一堆問題。」

「譬如？」

「我女友。」

「什麼意思？」

「她老是搞些破事。」朗諾德認為女友出軌並掩飾不忠。他把生活的挫折與黑暗都轉嫁到這段關係上，直到這愛情佔據了超乎異常的比重。

賽琳娜說：「女人多的是。」

朗諾德嘆氣說：「我愛她，我愛死她。」

◆◆◆

朗諾德死前一晚跟長灘的表親碰頭，車子停在公寓大樓停車場，兩人坐著抽菸聊天。

「老表，我要參軍了。」

「哦，真的？」

「跟徵募官聊過了，我準備好了。」

他的表親說朗諾德頗樂觀，加入軍隊的遠景給了他希望，看起來如此。他在尋找出路。賽琳娜的記憶卻不相同。朗諾德死前一天正好是她兒子的生日，她為他辦生日派對，氣球、派對帽子、彩帶全是代表男娃的淺藍色。朗諾德每隔一小時就打電話說：「老表，我馬上來。」說：「老表，我沒忘記。」說：「老表，我已經在路上了。」

但是一天過去，派對結束，賽琳娜接到朗諾德朋友的電話說：「我看到他在蜆殼牌加油站。魂不守舍，都不像他了。」賽琳娜出去找他，從加油站外面瞄了一眼，朗諾德的臉在螢光下看起來不對勁。她倒車回去接他，朗諾德已經消失。

我不知道朗諾德的所有心魔，不知道朗諾德具體想逃離何物，不知道什麼東西搶先他的戒毒與從軍意願，不知道把古柯鹼當良藥是否讓他覺得無敵，能夠相信未來。我不知道何種讓人虛弱的黑暗在追緝他，不知道那種虛無是何種面目，不知道他的憂鬱為何狀。我只知道我的，那是林木間的一座寬大深邃、活生生的墳墓。我知道那是什麼滋味。我知道絕望是什麼。我知道當他注視古銅色的雙手以及鏡中的自己、黑色的眼睛、雀斑、平直的嘴部線條，會覺得還是死了好，因為死了，所有的一切、點點滴滴都將停止，跟女友不再有無盡爭吵，毒品不再點燃他的黑暗面，不再有身為南方黑人的一切卑屈：沒有父親的家庭、終生貧困、只因膚色就被警察攔停、上了高中卻沒人在乎你能否畢業上大學、飛行員醫師等等夢碎，徹悟他在「上帝的萬物生靈」夏令營獲得的只是空洞承諾，世界不是他的，這兒也不是充滿選擇機會的天堂。他死了，這一切就會停止。朗諾德認為這就是他要的。

數年後，企圖了解朗諾德、我自己、我的社群，我研究了有關黑人精神健康的數據。種族歧視、貧窮與暴力是導致黑人男性罹患憂鬱症的主因。我想黑人女性亦然。約有百分之七的非洲裔美國男性有過憂鬱症，專家還認為這數據嚴重低估，因為缺乏評估與治療的服務。而他們一旦罹患精神疾病，也得不到治療。非洲裔美國人（包括男女）因精神疾病得到治療的只有「非西語裔」美國白人的一半。精神疾病得不到治療深深危害黑人男女，讓男性容易坐牢、流浪街頭、濫用毒品、殺人與自殺，這些當然不只影響黑人男性，也影響了他們的家庭，損及社群的凝聚力。根據〈黑人男性的靈魂：非洲裔美國男性論精神健康〉一文，黑人男性的自殺死亡率是黑人女性的兩倍。死於自殺的十五到十九歲黑人男性百分之七十二選擇用槍[5]。

這些數據簡直像驚嘆號標記我的經驗。讀著，我想到自己多年來與痛苦哀傷、憂鬱奮戰，透過寫作與閱讀才逐漸理解，朗諾德卻直覺理解這一切。最後，我明白他的欲望，明白他想噤聲自己，進而噤聲世界。朗諾德審視自己的虛無，看到它的

5 作者注：詳見 www.communityvoices.org/uploads/souls_of_Black_Men_00108_00037.pdf, July 2003

漫長歷史，看到它存在於所有家庭與我們的社群，看到驅使這一切的國家與南方體制。他知道虛無與我們同行，而他厭倦走下去。

當時朗諾德在姊姊位於長灘的公寓。獨自一人。儘管如此，我想像當他的女友終於接了電話，他走進臥房，關上門，開始吵架。

「妳幹嘛這樣？我愛妳。說妳愛我。」

「不。」

「我要殺死自己。」

「你才不會。」

「我會。」

「少鬧了。」

「真的。」

「隨便你，朗諾德。」

我想像那公寓四面白牆，雙人床有黑色床罩，地毯旁的地板空蕩。一個人在家時，他絕對想過自殺，計畫如何自殺，跟人借槍或者以交易換槍，或者花錢買槍與子彈。他一定感覺到虛無壓在肩頭、沉入體內、戳刺他採取行動。他一定忘記站在密西西比豔陽下、金黃燃燒，覺得自己美麗，覺得自己被愛，活著。他一定覺得這是僅剩的出路。朗諾德掛上電話，吞槍自殺，死了。

查琳打電話給我時，我正在紐約上班。我瞪著辦公室小隔間的灰色夾板、腳下的灰色地毯、窗戶外的灰色建築、被灰色摩天大樓包圍的紐約天空，想著別這樣，又一個死了。我痛恨電話。掛掉後，我瞪著自己的手，然後走到上司的辦公室，膽怯地敲敲門框。

她說：「進來。」

我想，我要怎麼跟她說？怎麼說我的一個朋友，我曾看過他身上滿是泥巴在陽光下跳舞，看起來很快樂，自殺了。報告時，我努力忍住淚水，還是哭了，可能還說了朗諾德是我的表親，她親切皺眉。

她說：「妳該回家休息一天。」我擦擦臉，因公然落淚而丟人，走出去，關掉電腦，離開辦公室。大白天搭乘空蕩蕩的地鐵回家，瞪著我看到的每個人，穿越街頭人群，想著我從未置身這麼擁擠的地方卻覺得這麼冷。痛恨每一個在走路在呼吸的人，痛恨他們還活著，朗諾德與我的弟弟卻死了。我哭了。

幾天後我回家過耶誕，他們正在準備朗諾德的葬禮。我問：我們究竟怎麼啦？

那個週末我去紐奧良，查琳、娜蕊莎跟一堆人全擠進一輛車，停在河邊，走向波旁街與人群。當我們在十字路口停步，聽到槍聲，人群頓時像潮湧，好像有隻巨大的手朝我們扔下石頭。我抓住妹妹的手跟著驚慌的人群奔逃，被他人的身體推著跑。紐奧良警方縱馬街頭。馬兒高大赤紅，是密西西比泥土的那種紅，興奮衝向我們，騰躍踢腿，凶惡。槍聲又起。我們奔竄，牢牢抓住彼此的手，都疼了。看著在街頭奔跑的我們，我想，*到底想逃離什麼？什麼？*那晚我們沒回家，群眾也沒散去。我們在巷子裡亂轉，奮力排開人群回到少數還沒關門的酒吧。我們徹夜喝酒，喝到第二天我不記得前日之事，喝到完全斷片，喝到在巷子小便，像我見過的紐約流浪漢。

朗諾德死後好多年，我得知他的女友的確愛他，但是他過世那天她實在太挫敗了，沒說出口。她是個豐腴淡膚金棕色頭髮淺眼珠的女孩，來自德萊爾州際公路北邊的寄養家庭。朗諾德死前數星期，他們大吵一架，她覺得被威脅了；朗諾德死前，她正打算跟他維持距離，不接電話，接了，對話變得緊張。

查琳跟我坐在她的車裡，綠色車子停在我老媽的車道上，那車子大到我們三人都能擠在前座。我們抽得嗨茫，她說：「他打電話給我。」查琳點頭，我瞧瞧電子鐘，霓虹藍的數字顯示：清晨三點。

「他說他愛我。」

鐘上的數字亮到邊角似乎模糊了。

「掛斷電話前他說的。他說：『我愛妳。』」

分針數字跳了。

「我沒回說我愛你。我沒。太氣了。」

我的手臂輕碰查琳的手臂，好感覺她就在我身旁。

「但是我真的愛他。」

查琳咀嚼口香糖，往下瞧我們的手臂。

「我真的愛。」

稍晚，她走後，查琳跟我回屋躲開日出。查琳說她跟朗諾德的女友經常有此類對白。她第一次跟查琳提到朗諾德死前的事以及他們的最後對談，她哭了。講到後來啜泣，聲音嘶啞。我真的愛他，我真的愛他，真的，真的，真的，真的。一說再說，好像查琳懷疑她，好像她必須說服查琳，但是查琳熟知尾隨愛人逝去而來的悔恨，那悔恨說著：妳辜負了他。

我們都以為原本可以拯救他們。採取行動，將他們從死亡的虎口拉回，我們該說：我愛你，你屬於我。我們幻想著自己說這些話，卻沒瞧見自己缺乏言語才賦，也沒瞧見自己缺乏洞見，沒瞧見眼前是舞臺、燈光與觀眾，也看不見我們背後有許多索具與繩子，操縱在許多人手裡。朗諾德瞧見了，這埋葬了他。

我們在學習

一九九一——一九九五

我祈禱。晚上，當房子在我們身旁吱嘎響，我祈禱我們搬回德萊爾。我不想繼續畏懼外出，不想畏懼潛伏在附近的湯馬斯，不想畏懼他究竟在我身上看到什麼，不想畏懼他叫我，不想畏懼林子裡的那個洞。老媽聽到了我的祈禱。我們的房子在破敗小區裡看起來一年年變小、變爛，角落崩塌，野草包圍，終於，我們搬離了葛夫波特。老媽整完那一塊狹長的地之後，就在上面放了橫向只有一間房（single wide）的活動屋。我們的物業位於小丘頂，三面被松樹包圍，樹下是濃密的植物，踏出家門只能瞧見一戶鄰居。老媽把活動屋擺成直的，因此房子左邊位於丘頂，右邊得用水泥磚撐起，水泥磚柱下還能擺椅子呢。晚上，瘦巴巴的棕色兔子咀嚼鄰近樹林與前院間的草叢。晚上，蝙蝠撲翅飛過我們頭頂上方的狹窄樹木間隙，捕食群聚其中的蚊子。蚊蟲則孳生於祕藏於房屋西側松樹林裡、冬日轉為乾涸的淺池。我們回家了，重回自己的社群。

當我們搬到德萊爾，老爸搬到了紐奧良，他認為那兒工作機會較多，而且他想住得離弟弟們近一點。老爸自從離開我們葛夫波特的家，便跟他那位少女戀人同居，從一個黑暗小公寓搬到另一個，海岸地區這類公寓很多，他有時跟人合租，有時沒有。他不再付孩子的贍養費，工作火速一個換過一個，官方都來不及從他的薪水扣錢給我們。搬到紐奧良後，他住進一個鬧鬼似的黃色小房子，窗戶有鐵杆，夜裡，風兒掃過後面的工業區，金屬嘎嘎回應。之後他又搬到一個兩層的公寓樓，共有六戶，每戶只有一或二間臥房，房租比較便宜。那是灰木紅磚建築，老爸的大弟杜威特住在一樓。我讀中學時，我們夏日週末探親便住在那兒。

我在聖公會小學讀六年級時，全校只有我一個黑人女生，進了聖公會直屬中學，我發現情況不變。我只是不知道連續五年，我都會是學校唯一的黑人女孩，到了高四，終於來了另一個黑人女孩，但是我們沒說過話。七年級時，學校還有另一個黑人男孩，高四生，有時碰見，他會朝我點點頭，多數時候，對我視而不見。他跟其他男孩相處頗融洽，在走廊上成群結黨，看起來就像他們的複製品：馬球衫、卡其短褲、帆船鞋。傳言說，他們偷偷夾帶他進去當地的帆船俱樂部，跟他們一起划船，他被非正式禁止進入，因為他有一半黑人血統，對俱樂部來說這就是黑人。現在，我明白我跟這兩位黑人同學沒法交朋友還有階級因素：他們都來自雙親家庭、中上或中產階層背景，住在有游泳池、健身房、高爾夫球場的高檔區，每年還要付屋主協會費用呢[1]。他們的文化跟我這種仰賴政府補助、住在破爛房舍的截然不同。沒有共同話題。從我九年級起到高中畢業，終於陸續有些黑人男孩因為籃球技術被招募，他們的成長背景跟我比較相似，相處起來容易多了，下課時只要逮到機會，我們就會在走廊說笑，那幾年裡這種同志情誼時刻讓我稍得喘息，一種社群的幻象。不過這都是假象：因為我討厭體育喜歡書本，依然是個外人。我有朋友，都是跟我一樣的外人，方式不同：有人搞藝術，有人搞寫作、陶藝、龐克音樂或者戲劇，他們永遠跟我不同膚色。總之，這個學校同一時間裡從未有超過八名黑人學生。我就讀時還有三個非白人學生，一個是印度裔，另兩個西語裔，全來自富有家庭。這個學校人數最多時大約也只有一百八十名學生，少的時候，大約百來名。

多數就讀此校的學生是中產或中上階層。儘管放眼都是有錢學生，卻未能反映

1 屋主協會費用（homeowners' association fee），在國外洋房式社區屋主必須負擔的公設費用。

於學校的建築。我六年級時拿獎學金就讀的聖公會小學，它的建築就跟我以前讀過的公立學校差不多，紅磚，空氣流通的大房間，到了中學完全不一樣。一九六九年前，董事會在基督徒隘口鎮海邊買了一棟豪宅當學校，卡蜜兒颶風把它夷為平地。董事會就在該鎮北邊建了一個大倉庫，裡面加上薄牆跟隔間，在走廊裝置物櫃，最後在學校後面蓋了一間更高的倉庫，黃色的噴霧泡沫隔熱層看起來像乾掉的鼻涕。走進學校建築不免感覺難為情，因為儘管它的外表如此工業風，學生看起來卻是貴氣又健康：戴著牙套、膚色古銅、頭髮閃亮豐潤、穿扣領襯衫。有的學生有錢到開特製車到學校：改裝成跑車模樣的凌志與ＢＭＷ之類的。有人睡在農園時代風格的大床，晚上下床還得用小梯子。沒有人住在拖車房裡。在我就讀那個學校的期間，我媽替他們打掃房子。有時打掃完回家還帶了一大袋他們不穿的衣裳。約書亞、娜蕊莎、查琳拒絕施捨。我則翻翻撿撿，找出合身的以及我認為夠時髦的，並祈禱當我穿到學校，不會被它的前任主人瞧見。我七拼八湊出一衣櫥的衣裳，全來自我的同學，希望穿上身能讓我偽裝成群體的一員。我也參加青少年宗教團體，熟悉組織性宗教的詞彙，這一切都盼著自己不會成為永遠的「他者」。但是對某些學生來說，我與他們的差異無所遁形。

我升上七年級幾個月後，一天走進體育館，與一小群同學坐在看臺最上面。那兒有四個女孩，全膝蓋併攏，穿著卡其短褲跟寬鬆的粉色襯衫。我看場上的學生玩躲避球，猛扔，企圖打痛對方。叫芭芭拉的那個女孩無聊扭著髮根黑色的金髮，在座位轉身看我。

「妳要不幫我綁些黑鬼辮子？」

我說：「對不起？妳剛剛說什麼？」

「黑鬼辮子。妳幹嘛不幫我綁些黑鬼辮子？」

我沒聽錯。芭芭拉笑了，心滿意足像剛飽食的動物，轉身回去看比賽。體育館氣熱難當，我站起身下臺階，希望不會絆倒。我不敢相信她說了那個詞，還隨口說來，滿滿的詆毀之意，然後自傲萬分。隨意而發的種族歧視在我們學校堪稱「盛行」，但是經常碰到不代表你能理解。我完全不能理解，不知道該怎麼反應。讀公立學校時有很多黑人同學，總能保證有人出來幹架，大罵白鬼，海扁那個侮辱者。幾年後，我老弟跟他的一幫朋友會偷偷揣著小刀或者指節銅套到學校，跟穿著邦聯旗[2]T恤的白人小孩幹架，通常會是後者挑起，充滿種族衝突意涵，黑鬼字眼像巨石亂扔。到了海岸聖公會中學，我是孤軍奮戰。我在葛夫波特跟公立學校受到的折

2 南北戰爭時的南軍旗幟，如今被視為種族歧視。

磨持續，只是在這個私立學校，我的棕色皮膚明確指出我是「他者」。我無需合理化自己的悲慘處境，想像自己是因為懦弱而被針對成為「他者」；在我的私立學校，光是我的膚色就足以讓某些同學視為劣等、軟弱。

那年底，一天休息期間我經過走廊。一群高三跟高四的白人男生在走廊另一頭閒晃，全穿卡其褲跟馬球衫，都至少比我高上一呎。當我走過，他們正針對某人講的笑話哄然。我停步看他們。我，腿脛瘦弱、腿肚無肉、鎖骨像鐵撬凸起，黑暗臉蛋嚴肅，嘴角下垂。我不笑，因為暴凸的門牙會讓我更與眾不同。老媽沒錢幫我做矯正。

我問：「你們剛剛說什麼？」他們咯笑。

一人說：「妳聽見的。」他叫菲利普，我老媽每月去他家打掃一次。他家送的舊衣裳總是最大袋。

「沒，我沒聽見。」

另一個笑著說；「妳知道我們拿你們這類人怎麼辦。」

「不，我不知道。」

他們又笑了，互相撞肘，然後我明白了，不管笑話內容為何，裡面有個黑人，雙手反綁，脖子套了繩索，野餐[3]，私刑！他們在拿私刑說笑。

我說：「你們甭想拿我搞事。」說完才想到我只有一人，他們有許多，而且我身旁沒人幫我幹架。

菲利普跟他的朋友變了。他們移動身子，不笑了。一人雙手抱胸，其他人照辦，簡直像鳥群劃一。

儘管我的心臟狂跳到似乎要衝出胸腔，我還是站立不動，猛流汗，臉蛋燒熱，但是我沒退縮。

我說：「你們甭想搞我。」

他們看到我不動，看著我的眼睛，或許想看我落淚，但是我沒有。時間分秒過去。他們聳肩走過我的身旁前往高年級的置物櫃，我注視他們走遠。他們消失後，我轉身看學生聯誼室，看到她們把飲料滑過桌面給對方、吃披薩、咀嚼聊天。有那麼一剎那，我有勝利的感覺，自豪我能挺身捍衛自己。但是當我看到同學的閃亮臉龐，大而白的笑容，與我一扇玻璃之隔，我明白自己並未成就任何事情，我依然是我，我依然孤獨。

---

3 野餐（picnic）是黑人間的用語，代表對黑人的私刑，取其發音接近「挑一個黑人」（pick a nigger）。許多黑人甚至深信野餐一詞源自於此。

週末，老媽開著她嘎嘎響的破舊小豐田可樂娜載我們去紐奧良看老爸。毫無例外，查琳坐前座，我們三個坐後面。有時我們跟著收音機唱歌，老媽總叫我們閉嘴，讓收音機唱就好。她沒耐性。我想那是因為她必須開車，她的小孩在唱歌，但是她的腦海只能想著老爸以及她根本不想做這樣的母親。那時約書亞已經比我高至少兩吋，體型也魁梧。娜蕊莎是早熟的美女。查琳還小，瘦巴巴，滑稽。約書亞跟我在後座經常以手肘格鬥，爭搶傾身向前的空間，把對方的手臂壓回座位。通常都是我輸，因為他比我高且壯；也是在那時，我明白成長過程裡，我對他的主宰性已逐漸消退。後車廂比前面還擁擠，塞滿雜貨紙袋；就算沒跟她在一起，老媽還是得負責餵飽我們。她知道老爸的冰箱只有調味料。她在後車廂塞滿我們能輕易烹煮的東西：一清拉麵、鮪魚罐頭、雞蛋、一盒盒可加入鮪魚罐頭的起司通心粉、三明治麵包、花生醬、果醬、麥片、一加崙一加崙的牛奶。夏天有時我們在老爸家待上一星期，食物逐漸吃完，最後只好早午餐直接吃乾麥片，然後設法變出晚餐。

娜蕊莎說：「我餓了。」

我問查琳：「妳也餓了嗎？」

她點點頭，在老爸靠起居室牆壁放的大穿衣鏡前蹦跳，搔首弄姿。老爸，照例，不在家。也不在隔壁，他第五個寶寶的媽媽就住在那公寓。我們不知道他去哪裡，他經常搞消失，把我們單獨扔在公寓裡。我擔心他，但是我知道稍晚他一定會回來，反正我也已經習慣母親上班時負責一切，當成自己的責任。當然我得餵飽弟妹。

約書亞拿出一個平底鍋。以前我們從未一起做飯，但是我需要協助。一週快結束，僅剩一點點東西，我不知道該怎麼辦。我打開一罐鮪魚，扔進鍋裡。

我問約書亞：「還要放什麼？」

他說：「起司。」

老媽幫我們準備了一些紅豆飯，我把吃剩的米飯扔進鍋裡。約書亞加了一些青豆，最後我又放了更多起司。鍋子沸滾。

約書亞說：「該叫它什麼？」

娜蕊莎說；「看起來像嘔吐物。」

約書亞試吃了一湯匙，加了一點鹽。

他說：「不錯。」

我說：「反胃。我們要叫它反胃。我們是大廚！」

我們吃掉了大部分，當老爸回家，還剩下一點，他嚐了一口，但是大部分仍留在鍋裡。接著他播放起居室的大音響，我們全在鏡子前跳舞。

第二天下午跟晚上，老爸又不見。我的兩個妹妹去隔壁寶寶的媽媽家，十六歲的表親馬可斯決定帶我跟約書亞去看《花心大少闖情關》（*Boomerang*）。電影開演五分鐘，帶位員來到我們的座位。

「約書亞跟咪咪嗎？」我心想：我們還不足齡，要被他們踢出戲院。「你們的表哥在廁所昏倒了，應該是喝醉了。」

我們跟著帶位員進入廁所，看到馬可斯面朝下躺在磁磚地板上。他帶我們搭公車到加利瑞亞大樓看電影前就喝酒了，沒想到他喝得那麼醉。我恐慌了。老爸家沒電話，我也不知道叔叔們或者小寶寶媽媽的電話。這下我們進退維谷。

我說：「該怎麼辦啊？」

約書亞說：「來。」

他走到大廳的公用電話，開始翻電話簿。

他說：「杜威特叔叔的電話可能在上面。」我完全沒想到這個，頓時覺得自己的恐慌愚蠢，而比我小三歲的弟弟那麼冷靜務實。約書亞找到電話，我們打給杜威特叔叔。三十分鐘後，老爸開著一輛老舊寬敞、白色皮座椅的凱迪拉克來到加利瑞亞，把馬可斯拖出戲院，扔到後座，我們魚貫上車。我問老爸那是誰的車子。

他說：「朋友的。」我猜他大概跟某個女友借的。

我說：「是約書亞想到要打給杜威特叔叔的，我完全不知所措。」

約書亞很失望。我們的電影口味已經從恐怖片轉為阿諾・史瓦辛格的動作片再到艾迪・墨菲的喜劇電影。《花心大少闖情關》是我們第一次在大銀幕上看艾迪・墨菲的電影，他期盼得很。雖然我不是那個在廁所倒臥於嘔吐物的人，那晚卻覺得自己好像辜負了弟弟。不過他顯示出腦袋清晰理性，我卻不。

老爸說：「聰明。普通常識。咪咪，妳這是咋啦？」

我沒回答。這是第一次有人說我沒常識，一向人們只讚美我聰明。老爸可能只是開玩笑，我卻不這麼看；相反地，我把它加入老爸棄我們而去的長長理由名單上，因為如此，老媽帶我們來看他，他卻持續離開我們。

一天我們在考歷史，大我兩歲的托佛走進教室。老師當時離開去影印，走了大約十分鐘，托佛踱步進來。他對全班笑；看到我，眼神停駐，臉蛋拉得老長。然後笑著坐到我的桌上。我抬頭，他開始講黑人笑話。

「妳怎麼稱呼一個黑鬼……」他比我高，頂著髒金色的平頭，臉蛋狹長。他自問自答。

他說：「得多少個黑鬼才能……」他低頭瞧我腦袋，我低頭瞧課桌。他自問自答。

他說：「一個黑鬼會跟另一個黑鬼說……」我告訴自己：別哭。這王八蛋想看妳哭，想看妳嚇傻。寫考卷。繼續寫妳的考卷。

他說：「一個黑鬼、一個東方人、一個波蘭人走進一家酒吧……」他講完笑話，身體朝後仰，對日光燈管天花板笑。我很熱，冒汗。我寫下句子的一、二個字，筆兒停駐試卷，好像在構思某個深奧、值得拿A的東西。托佛不耐煩了。

他說：「少來了，咪咪，我知道妳鐵定有一、二個關於白鬼的好笑話。幹嘛不告訴我們？」我瞪著他，幻想撲上他的身體、掐住他的喉嚨、拇指陷入他的肌膚、使勁壓下他的氣管、用力推、看著他臉色發青，這會是多爽的事。我想讓他噤聲，就像他光憑自己膚色白、頭髮金、生來就可橫行世間，因此大搖大擺走進教室讓我噤聲一樣。

歷史老師回到教室，她的金色頭髮蓬鬆，像鳥巢裹住她的蛋形臉蛋，對托佛說：「托佛，給我滾出教室。」她沒提托佛說的那些笑話，她沒聽見。我看看同學，她們注視試卷。沒人吱聲。

她們有些人是我的朋友，我們一起時，從未為我或者黑人挺身而出。而根據某些人私下告訴我的故事，我不在場時，她們也沒。或許她們只是驚嚇、不自在。我不知道。某天休息時，臉蛋圓如月亮、頭髮棕色直順的同學蘇菲亞在學生聯誼室攔住我。

她說：「我聽到一件事。」

「什麼？」

「那時我們都坐在戴小姐的教室，她不在，大家開始聊天。聊到黑人，茉莉說她絕不會親黑人，無法想像，黑人嘴巴那麼大。溫蒂則說有黑人開進她家車道迴轉，她老爸大叫他們滾出去，管黑人叫史酷比。她說，史酷比。」溫蒂是學校裡的少數非白人學生，華裔。我大為吃驚。沒想到其他有色人種也會這樣。多年後在大學，我讀到童妮．摩里森的短論，她說這是美國新移民的常見現象：一開始就把自己擺在黑人的對立面，自己的族裔才不會跟黑人列為一同，成為劣等中的劣等，而是跟賤視他們的族裔同一陣線。

我說；「史酷比狗的史酷比，像狗？」

她說：「是的。」

「妳怎麼說？」

蘇菲亞說：「我沒講話。」

我想問她：那妳幹嘛告訴我？我沒問。因為從她的神色，我瞧出了一些理由。

她看起來遺憾又內疚，眉毛皺在一起，嘴角下癟。我首度明白某些同學因被迫同謀感到歉疚，因沉默不言、隨波逐流而難過。因為我視她們為朋友，她們卻未能為我挺身。

我說：「嗯，謝謝。」我在暗綠色座椅上扭身，低頭看桌上的雙手。我不知道該如何回應蘇菲亞。更沒想過要當面質問溫蒂。

好多年後，我明白蘇菲亞之所以跟我說這件事，她是渴望得到寬恕。講完後，她上身微傾帶著期盼，但是當時我並不明白。那個時候，那些話對我並無太大影響。我認為不管是不是朋友，多數白人同學是種族歧視者，只是有的帶種，敢當面說。我該跟某些老師表達自己的感受，當時卻沒想到。直到成人，我跟當年的科學老師提及自己的遭遇，她說：「真希望妳當時告訴我。」但是我沒辦法。因為那些弦外之音令我沮喪，沮喪到失聲，它們的訊息永遠一樣：妳是黑人。比白人次等。因此核心為：妳稱不上人。

有時我想離開這個學校。但是我怎能跟老媽說我不想掌握她賣命提供我的機會？受到兩位同學激勵，我提過這話題一次。她們一個愛寫作，一個愛藝術，轉到加州的私立住宿學校。她們說：妳可以輕易申請到獎學金。甚至邀請我去參觀她們的學校，雖然我知道種族歧視無所不在，該校的缺乏黑色臉孔也讓我恐懼，我還是想申請，我想離開密西西比，逃離我在家庭、社群與學校所面對的不變故事：我毫無價值。那感覺就像膩煩的濕氣永遠不消失。老媽說：「妳不能走，妳得照顧弟妹。」當她這麼說，我感覺整個南方的重量壓向肩頭。因此，我下定決心大學一定要離開此地，基於尊重母親為我所做的犧牲，我更努力讀書，閱讀得更廣泛。我哪知這將會是我的人生：渴望離開南方，也一次又一次離開，卻永遠被濃烈到窒息的愛召喚回家。

⋄⋄⋄

那個學年結束，整整兩個月的暑假，約書亞都住在老爸那兒。他十三歲，已經比老媽高，跟我與妹妹不同，也跟以前不同，他不再畏懼老媽的威嚴。面對老媽，他態度篤定，尖銳誠實，滑稽有趣，會跟老媽講他喜歡的女孩、他的朋友，那些話，我跟老妹根本不敢說。他是男孩，老媽因此特別愛他。她知道身為南方黑人男性的危險，認為老爸可以傳授老弟重要的事情，如何求存，她自認沒法教這些。雖然她可以教導老弟何謂堅強、努力、無條件的愛、為他人犧牲、頂天立地，她還是把約書亞送去跟老爸住。

我想念約書亞，卻直到老媽載我們幾個女孩去老爸那兒，才知道有多想念。我看到約書亞髮質跟我一樣的頭髮剪得短短，穿著T恤跟四角褲坐在起居室，晚上沙發就是他的床。娜蕊莎跟查琳奔進老爸的臥房，開始吵要看哪一臺節目。

約書亞對著起居室角落積了一層薄灰的老錄影機聳肩說：「我恨這臺該死的錄影機。」

「為啥？」

「裡面有蟑螂。」

「住在裡面？」

「對。」

「小蟑螂。」

「不，大隻。」

「哦，那你怎麼知道牠們住在裡面。」

「每天晚上我躺在那兒，想睡，就聽見牠們在裡面爬。然後就爬出來，在房內飛。」

「什麼?蟑螂會飛？」我大驚。學校教的跟我自己的閱讀都沒提到這個。

「是啊，牠們在屋內繞圓圈飛，一遍又一遍，像直升機，像是要轟炸我。」

我笑了，但也恐懼萬分。蟑螂真的會飛？突然一驚，開始想老弟到底都知道哪些我不知道的事。他跟老爸住在紐奧良，大家期待他像個大人，自我負責，因為老爸總不在，不是泡妞就是社交玩樂。老弟習慣了與四個女性一起生活的混亂與拘束，在這裡一定很寂寞，看到我們鐵定跟我們看到他一樣開心。

約書亞笑著說：「白天牠們躲在錄影機裡，那鬼玩意兒還根本不能用。不知道老爸幹嘛留著。」

我打賭老爸瞧瞧錄影機，就像他看所有壞掉的東西，認定自己可以修。他記得六〇與七〇年代，黑豹黨員養活他跟妹妹們，提供學校午餐：他記得奧克蘭那時看起來整軍備戰，只要黑豹黨領袖一聲令下，就能集結。他聽「人民公敵」（Public Emeny）[4]，只聽他們，買了他們的所有唱片。當我們走過沖積堤到另一頭的鄰里，他跟所有人說話：坐在門前臺階的、坐在狹長房屋前的、坐在窄小前廊的，還有街上的人。他相信社群力量，他相信政治意識可以對抗種族歧視，讓受威逼的人民擁有力量。

不管老爸在哪個工廠或者在哪裡做警衛，只要有多點錢，就會帶我們穿過沖積

4 非常重要的嘻哈團團，鼓吹黑人人權。

堤去對面的小鋪，招待我們吃醃豬嘴、洋芋片、冷飲。一天某個上年紀的女人走近，白色衣裳襯著皮膚更黑，頭髮朝後綁成馬尾。很難看出她是女人，因為她好瘦，我完全無法聯想家族裡那些曲線起伏的太太們。她的上手臂跟手腕一樣粗。她對老爸笑，我瞧見她缺牙，只剩牙齦上的黑洞。而她不是唯一一個。我瞧瞧街上的人，發現大半個鄰里的人看起來都像餓死鬼。回家路上，我問老爸這怎麼回事。太陽正在下山，電線後的紐奧良天空呈現粉紅，儘管狂歡節遊行隊伍不會經過這裡，電線上還是糾纏著彩色珠串。

我問：「怎麼大家都那麼瘦？」

老爸看著我，他總拿我當大人說話。

他說：「他們有快克癮，全是快克毒鬼。」

約書亞走在老爸另一邊，嚼著豬嘴。

我說：「全部？」

「妳瞧見瘦成那樣的都是。」

我皺眉。鄰里裡多數人抽快克。骨瘦如柴的男女每日蹣跚踏步，看似無止盡閒晃；街頭唯一不同景象是兩個帥氣男孩，比我大上幾歲，穿著吊嘎內衣戴著金飾。懶洋洋靠著鐵欄杆，細長的橡樹遮蔭，但是豔陽依舊照著他們膚色黝棕，其他活死人在周遭聚集，騎腳踏車與步行的小孩穿過人群，笑鬧玩耍。

我懷疑老爸的哲學能為紐奧良帶來改變嗎？老爸一番關於毒癮者與藥頭的談話醍醐灌頂，讓我看清鄰里，看到狹窄的街道都是坑洞，空蕩蕩，家家戶戶似乎除了老人小孩就沒其他人，老的被快克摧殘病弱，年輕的不是無視就是從中得利。空氣令人聯想沼澤泥巴、燒焦的咖啡，還有掀蓋臭水溝的味道，除此，我還感覺到沮喪與絕望驅使的暴力。快克廉價，嗨得快，極茫，在八〇年代尾與九〇年代初蠶食了美國各地與各社群的靈魂，它的消費來自人們亟欲逃避與釋放自己。沒有老爸或約書亞陪伴，我不敢一個人行走鄰里。約書亞雖小卻很勇敢，必須如此。他會比我早發現隱藏的危險，也知道自己必須毫無畏懼、聰明行走於鄰里間，否則在街頭永遠無法像個男人。男人意味展示氣力與能力，對我老弟來說，這代表他必須無懼，展示他或許根本沒有的力量，囂張顯擺他根本沒有的無情。到了第二個週末，老媽來接我們回家，老爸告訴她約書亞走進店鋪，兩個騎腳踏車經過的男孩揍了他的腦門。那兩個男孩跟老爸說：「因為他不是我們這兒的人。」

我問：「那你對他們怎麼樣？」

老爸說：「我跟他們說這是不對的行為。」這位武術黑帶高手的做法讓我失望，但是我不明白這正是武術訓練教會他的要義。暴力應該是最後手段。老爸聽的音樂也強調此點，解決衝突有其他方法。他處理這件事的方式也在教導約書亞如何避免腐蝕了整個黑人社區的暴力。或許他認為他可以教出一個不一樣的年輕人，可以堅毅對抗種族歧視、社經不平等、歷史的洪水，以及它們引發的自我憎恨與毀滅性行為。或許他認為他可以培養出像黑豹黨員般帶來改變的孩子。但是那時我不明白，只知道我想找出那兩個孩子打一架。我幾乎從未在學校替自己出頭，此刻卻想替老弟挺身而出。我會跟那兩個孩子說：*他才不需要你們這個鳥地方*。當我再度看到約書亞，他說蟑螂繼續夜間巡航，他也依舊害怕。我笑了。我們雖然住在兩個不同的家，卻不減親密。我要他跟我講那兩個男孩、腳踏車，以及他們的出拳，我希望他像個小弟弟來找大姊姊傾訴。但是儘管我們幾乎無所不談，他隻字不提此事，從未提過。他知道說了也無濟於事，我能為他做什麼？

暑假最後一個週末尾聲，我們返回密西西比，開始另一個學年。偶爾老媽如果工作沒做完，會先到學校接我，晚點一起回家，約書亞在家照看娜蕊莎與查琳。老媽的雇主住在海邊的古老大豪宅，漆成深藍色，另外一棟兩層的木頭客屋不久前還是僕人住處。碰到這樣的日子，我坐在廚房外跟女主人聊天，幾個比我小幾歲的孩子看電視。老媽在家十分威嚴，目睹她在此打掃。我忍不住一直瞧，這代表我無法專心與女主人談話。為什麼老媽這麼沉默？為什麼看起來怯懦？我從未見過她這一面。我的注意力分散於兩個世界。

女主人問：「妳選修什麼語言？」她身強體健，高大金髮，熱愛社交。

我說：「法語。」我看母親驅趕流理臺上的貓，朝磁磚檯面噴萊舒後擦拭。

「這語言很難學。」

我點點頭。老媽拿水沖碟子，開始擺進洗碗機。

「很難聽清楚每個字，搞不清上個字何時結束，下個字何時開始。」

我再度點頭。擱在腿上的雙手看起來不對勁。我覺得自己該待在流理臺那兒幫忙老媽，把盤子遞給她。

女主人說：「西班牙語簡單多了。」

老媽彎腰把粉末倒進洗碗機，關上洗碗機的門，挺直身體，似乎有點痛。她抓起掃帚開始掃地。

我說：「那個啊，我們家以前說法語，克里奧爾法語。所以我才想學。」我的聲音聽起來陌生。老媽繼續掃廚房，弄流理臺那塊地方。這屋子是木頭地板，樓上樓下都是，老媽得全部用手清掃。

女主人說：「學習語言最好的方法是旅行。浸入當地。」他們家養的鸚鵡跟貓一樣大，關在起居室角落一個四呎高的籠子裡，此刻正在嘎叫展翅。鳥食散落一地。老媽耐心繞過鳥籠繼續打掃。鸚鵡再度展開翅膀，鳥喙朝空，脖子伸展，好像要飛，終究又安頓下來。老媽揮著掃帚，掃過籠子四周。我點頭。

幾年後上了大學，我讀到杜博依斯，學到雙重意識[5]一詞。閱讀時，我想起自己坐在母親雇主家的客廳看著母親打掃，等著她下班一起回家。我想到目睹母親工作的心情，從較大的脈絡認識了她——黑人清潔婦，近乎小心畏懼。我又想到那個時刻，我多麼自覺黑色的皮膚、凸出的齒列、毛躁的頭髮，看著母親工作，我的手多麼癢，想幫母親一把，我的腿又是怎麼電流猛竄，當女主人跟我聊天時，又是如何把我當成智識相等的人，客氣攀談，詢問我的大學計畫。我也意識到自己所受的優越教育，以及我終將往上爬到另一個階層，這一切都誕生於母親不懈推動掃把的手。真是不公平啊。

當老爸從紐奧良搬回密西西比，老媽決定約書亞該全天候住在老爸家。約書亞的課業依然很差，老媽認為他跟老爸住可能比較好。老爸搬去葛夫波特一棟長形低矮的紅磚平房，位於有歷史傳統的黑人社區火雞溪鎮，那是內戰結束後解放黑奴於一八六六年建立的城鎮，現在依然多數居民為黑人，街道狹窄、簡樸的木牆板房、小而乾淨的前院，修剪整齊的草坪，森林環繞。某些方面，它有點像德萊爾，只是它被葛夫波特迅速發展的社區包圍。小鎮依以命名的火雞溪之所以引人注意，是它切過一條大溝渠，因此上面搭了小橋，有時下雨會氾濫。當年我們住在葛夫波特那個破爛的家時，老爸搞上的女人有了孩子，也帶了孩子搬進來，跟老弟一起住。雖說轉學、交新朋友、離開德萊爾很辛苦，約書亞還是想跟老爸住。搬去後，他又有了自己的房間，拿電影海報、老爸的功夫武器，還有他偷來的東西裝飾房間。

約書亞十四歲時已是精湛小偷。跟我們住時，他從未偷竊，這點出他的新轉變，我視為他邁向男人的一步。成為一個男人代表自立自足，他必須供應自己所需。他已經跟老爸一樣高，童年的肥肚皮不見，骨架上的肉均勻發展，在修長的四肢平均分布，還逐漸結實成精瘦肌肉。他穿淹沒身體的寬大衣裳，當他跟剛認識的鄰里朋友進入沃爾瑪超市，大T恤與肥大牛仔短褲就是塞戰利品的地方。他們偷些愚蠢的小物件，四角褲啊，糖果啊，還有迪奇斯牌長褲。我跟娜蕊莎、查琳週末去拜訪時，他跟我說了這件事。

---

5 杜博依斯（W. E. B. Du Bois，1868-1963），美國社會學家、歷史學家、民權運動者、泛非主義者。雙重意識（double consciousness）指的是非裔美國黑人的兩種種族和兩種文化身分，以及由此造成的心理、社會、文化上的分裂狀態。

他說：「沃爾瑪把我列入黑名單，不准進入。」當時我坐在他的床上，他的房間沒啥東西，很整齊，甚至還鋪了床。那時期他畫畫，釘在牆上，還有汽車的照片，以及他從老爸的汽車改裝雜誌撕下來的東西，漂亮的西語裔女郎誘惑地趴在精心漆畫過的雪佛蘭上。

我說：「你怎麼被禁？」

他說：「我們偷東西。」

「約書亞！」

「只是小東西，四角褲跟糖果。」

「要是他們叫警察，你怎麼辦？」

「他們沒叫。只是把我們帶到後面記下我們的名字，說我們被禁了。」

「你有可能被送去青少年管訓。」

「以前就偷過，沒被抓。上一次，我們踏出店門，他們朝我們吼，我們就撒腿跑，他們抓不到。」

我想到那個畫面就笑了，覺得有鼓勵之嫌，便停住。我打算訓誡他，做個大姊姊，提醒他可能的大後果。我擔心他要怎麼做才能滿足這個世界對年輕男人的要求，才能立足。儘管如此，我還是羨慕他的大膽。那時他還在跟初中學業奮鬥，我不明白他在課堂上為何如此辛苦。他聰明機智，能快速有效解決問題。現在我認為他的學習與應試方式都與其他小孩不同，公立學校的系統看不出來。儘管他會順手牽羊些蠢物件，依然是個溫順的孩子。我知道他試過大麻，但不是經常抽。我也知道他第一次喝醉酒是跟艾爾登一起，一個年紀較長的表親去接他們，把他們塞進Cutlass汽車後座，在馬路中央猛轉圈，他們大吐特吐。我猜是想給他們一點教訓，據我所知，有效，約書亞後來沒再這樣大喝過。

「所以我想我們不能去沃爾瑪吃東西了？」

約書亞笑著說：「不行。來吧。」

我們離開家，那房子天花板很低，即便我這種矮個子也覺得壓迫。我們在街頭站了一會兒，遠遠瞧見他的一個新朋友，黑而瘦，影子拖在身後像尾巴，我們走向他。我想念我的小弟弟。

週末結束回到學校，我想著約書亞在新學校的走廊奔跑，被新老師扯著叫。校內其他同學都是打小學便認識，約書亞探索新世界的過程卻缺少這種「奢侈」，孑然一人，跟我一樣。

年紀漸長，我成為私立學校社群的一分子，多多少少吧。我是啦啦隊員，加入戲劇社團，參與學生自治團體，還曾短暫讓學生文學期刊起死回生，但我依然是個「他者」，種族與社經地位皆然。老媽不准我約會（校內或校外），跟多數南方黑人媽媽一樣，她極端畏懼我會做青少年媽媽。她不准我參加校內舞會，直到高四才放行讓我參加畢業舞會，自己一個人。我討厭那天播的所有音樂。曾有一、二個白人男同學對我有好感，傳言還有其他人，但是他們都沒採取行動，因為我是黑人。他們擔心來自家庭與社群的批評。我是在一個狀況下發現黑白配的危險，那是高四某個晚上，我跟一個男孩親熱愛撫，第二天他跟另一個白人男同學聊天卻說：我不相信跨種族婚配。幾年後，我記起他愛撫我卻拒絕親吻我的嘴或臉。我的「他者性」是如此具體顯現於外型。我想至少我的弟弟在他的學校不必面對這些。

應付這種處境，儘管我的空閒時間很少，卻越來越常待在學校圖書館，從架上隨便挑書來讀。七年級我讀了《飄》，雖然郝思嘉與白瑞德的愛情投合我的青少年浪漫口味，戰敗的南軍對解放黑人的詆毀卻不。事實上，這本書與改編電影風行全美各地區真是嚇壞我。他們對黑人的看法真是如此？我在學校的遭遇多少驗證了此點。到了高三與高四，我已經開始閱讀《根》、《隱形人》、《土生子》與《紫色姊妹花》（*The Color Purple*），在老爸的堅持下，也讀了《麥爾坎X自傳》[6]。那是九〇年代初，有自覺意識的饒舌團體穿非洲印花衣裳，查克D勉勵我們「和權力對抗」[7]。有天我穿老爸給我的麥爾坎X T恤到學校，在廁所被某個女孩逼到角落，她說：「咪咪，看來我今天真該穿上我的大衛．杜克[8]T恤。」在我的閱讀經驗裡，我以自己的非裔傳統為傲；到了學校，我卻沉默不語。當我閱讀與聆聽「人民公敵」，我了解抵抗與奮爭民權是力量；到了學校我卻糊塗了。回到家裡，當我與朋友在街上騎腳踏車，聆聽吐派克的歌曲，的確有一刻清明，心想：我真喜歡當黑人；幾個小時後，我卻奮力征服捲曲的頭髮，執著於自己的愛情與學校社交生活像噴了消毒劑，憎恨自己。有一次老媽到學校接我，我開始講一個課業計畫，她打斷我，對著腳下的破碎瀝青路、一直延伸到我家活動屋的綠蔭隧道說：「別再這樣說話。」意思是：妳幹嘛講話這麼正式正確？意思是：妳幹嘛講起話來像妳同校的那些白人小孩，那些我去做清潔婦的人家的孩子？意思是：妳是誰？我閉上了嘴。

---

6 《隱形人》（*Invisible Man*）是拉爾夫．艾里森（Ralph Ellison）出版於一九五八年的小說，探索了許多二十世紀美國黑人的處境。《土生子》（*Native Son*）是Richard Wright 出版於一九四〇年的小說，描述一個出生於芝加哥極端貧窮環境的黑人。麥爾坎X（Malcolm X）是美國黑人民權鬥士。

7 查克D（Chuck D）是饒舌團體「人民公敵」一員，〈和權力對抗〉（*Fight the Power*）是他們的名曲。

8 大衛．杜克（David Duke）是美國白人至上主義倡議者。

我擔心老弟。我在學校面對赤裸裸、針對性的種族歧視，因為我的同學是美國南方的富有優越白人，約書亞面對的是另一種種族歧視，系統化的，這種歧視讓學校當局與老師難以透視他隨和個性的魅力、表現差勁的成績，以及他對僵化教學的厭憎，來真正看清他是誰。何必花時間去了解哪些做法可以激勵這個孩子學習？統計上，他不過是另一個注定會輟學的年輕黑人。他從未被轉介輔導，從未接受學習障礙的檢查，從未得到針對他個人情境的關心，讓他的初高中可以輕鬆點。我跟約書亞都得對抗遠大過我們自身的東西，奮力掙扎尋求一條縫隙、一個門把、一個門檻，打開前路。我們都失敗了。

◆◆◆

十六歲時我第一次喝酒。那晚我跟高中密友一起。她是慷慨的高大女孩，對我永遠誠實，好幾次拉拔我脫離青少年的憤怒與成年人的憂鬱，碰到那樣的時刻，我的視界變窄如豆，被我認識的世界打入絕望。那天我們坐在她家起居室，偷喝烹調用的雪莉酒。當酒意上身，我感到迷醉。所有的自我憎恨、立足世界做自己的壓力全部褪去。我跟她躺在沙發看電視，我說：「瑪利亞，我希望這種感覺永不結束。」

她說：「妳灌那麼多，我猜要結束還早。」

她爸媽回家，我們奔到樓上。我的迷醉轉為噁心，吐得她的粗毛地毯都是。她清了嘔吐物，扶我到浴室，一整晚，我的臉靠在冰涼的馬桶座上，斷片。第二天，她送我到老爸家，我跟約書亞站在門外路上。

我覺得冷。穿了約書亞的夾克，兩手縮進袖子保暖，從裡面抱著自己。我的嘴角皮膚乾燥，青春痘點綴額頭與兩頰。十四歲的約書亞一顆也沒。他穿了一件蓬鬆的奧克蘭突擊者隊的外套，聽我講前晚的事笑了。

「當我在馬桶邊醒來，感覺跟屎一樣。」

約書亞笑了。他冬日裡偏白，此時膚色金黃，相較夏日曬淡的頭髮，此刻他的髮色較深。他雙手插在口袋。

「妳試過大麻沒？」

「沒。」我直到十八歲才試。

「比較好，不會宿醉。」

一個女人走向我們，穿了長袖衛生衣跟黑色籃球短褲，小腿枯瘦灰色，頭髮梳整成一束束朝天。我想她怎麼不冷。

我說：「一開始我很愛，直到想吐為止。噁。」我舔舔嘴裡的嘔吐味。我吐得超厲害，幾乎從鼻孔噴出來。

女人停步跟約書亞說話。

她親切微笑說：「咋啦？」我想她可能覺得約書亞孌英俊的，我也是，雖說約書亞至少比她小十歲。

他說：「沒事幹閒晃。」

他們講話的樣子好像以前有過相同談話。我抱著自己，感覺殘餘的噁心感。約書亞與那女人握手，她蹣跚走開。一手搖晃，跟約書亞握過的那隻手握成拳頭，緊緊放在胸前，屁股輕搖。

我說：「她鐵定很冷。」

約書亞低頭看我，淺淺一笑，淺到我看不見他的牙齒。之後笑容隱沒，他搖搖頭。

他說：「我在賣快克。」

他看起來焦慮，擔心我會批判他，我的確是，卻不是他想像的那樣。那女人消失於轉角，緊握約書亞賣給她的東西。

「怎麼會？」我問：「為什麼？什麼時候開始的？」我發抖，更抱緊自己，對他的憂慮加重。我替他害怕，恐懼到我整個背在他的夾克裡縮成球，身體緊繃準備迎接重擊。

他說：「我需要錢。」我沒反駁。老爸連房屋貸款都快付不出來，做些廉價的低下工作，先是在賭場上班，接著回頭幹青春期活，在加油站打工。溫飽都有問題。約書亞尚未到達合法打工的年紀。老爸搞不好有時還跟約書亞週轉；他還在紐奧良時就曾跟我開口幫忙付房租。我不該問約書亞為什麼。他學會：做男人就得自給自足。

他說：「我這兒的朋友幹這個，所以有一天……這活賺錢簡單——有時啦。」說這話時，他眼睛飄向走遠的那個女人。

我問他：「你不怕？」他沒回答。

我注視他嘴上的細毛，他的黑棕色雙眼，第一次深思：他知道一些我不知道的事。或許他看著鏡子，看到了老爸，我卻只看到老爸的缺席。或許老爸的確教會他何謂南方黑人，也或許教得太好了：不穩定的工作、沒前途的差事一個換過一個，所有機構都系統化貶低他做為勞工、公民、人類的價值。老媽找到方法替我創造機會，給我教育與社會優勢，如果我跟約書亞不是被貧窮與種族烙印，這兩樣都該唾手可得。因此我得拚死命上大學，約書亞只有較差的樣板與較少的選擇，跟同年紀的許多男孩一樣，他覺得讀書不是他的路。他從未想過大學，從未想過教育可以是個途徑，讓他通往向上流動的未來，美國夢就像遠處天空的許願星。對我來說希望存在：一棟磚牆木屋、一個有挑戰性與有價值的理想工作、一輛絕不會油箱空空的閃亮新車。約書亞則需要搞錢過日子。當我夢想未來，他則為了餬口什麼都幹。我的弟弟已經適應現實，他的世界、他的人生就是此時此刻這樣。約書亞比我老，約書亞比我成熟。像是喝下了一整瓶的塔巴斯科辣醬。

約書亞・亞當・杜多爾

生於：一九八〇年十月二十七日
卒於：二〇〇〇年十月二日

這是過去與未來的交會點。這是在比特犬攻擊事件之後，在老爸離去之後，在老媽心碎之後。這是在教室走廊霸凌事件之後，在黑鬼笑話之後，在約書亞跟我站在街頭，他敘述他在幹什麼之後。這是老爸跟四個不同女人又生了六個孩子、一共擁有十名子女之後。這是老媽不再幫海邊白人豪宅工作，轉去泥淖河口區的白人大宅幫傭之後。這是我拿了兩個學位，深受思鄉之苦，還在史丹佛大學交了一個淡如水的男友之後。這是在朗諾德、C. J.、戴蒙、羅格死亡之前。這是我的兩個故事交逢處。這是二〇〇〇年夏天。這是我與老弟相處的最後一個暑假。這是故事的心臟。是的。天天。如此。

二〇〇〇年四月，我結束史丹佛大學的碩士課程，打包行李，讓UPS把我生命的瑣碎細物寄回密西西比。我要回家了。我想在密西西比南部或者是靠近密西西比的南部地方住個幾年，因為我厭倦了遠離：厭倦在大世界裡感覺渺小，厭倦總是寂寞。大四那年我坐在鋪著粗毛地毯、洗臉槽藏在衣櫃裡的單人房校舍，看著院子裡的月光明亮照著濃密橡樹。我想念家人與德萊爾，心痛到哭了。我該怎麼回去？高中時期我苦讀，高三、高四的平日晚上都在練習標準測試題，獨自研究大學申請表格的陌生術語。進入頂尖學府並未淬鍊我成人，變得自信與篤定；相反的，我感到困惑膽怯，對自己充滿疑問。我渴望熟悉感。我希望成年時期能住在家鄉，獨立自主卻也離家庭搖籃、弟妹、朋友不遠。此時男友說他決定畢業後在紐約找工作，雖說我們已經交往五年，我仍覺得隨著他去紐約未免太自以為是。

我把剩下的衣物裝在大行李箱，飛到紐奧良機場，十九歲的老弟約書亞跟老媽開著奶油色大Caprice來接我，那是老媽買的車，現在成為約書亞的第一輛車。他們把我的行李裝上車，綁緊邊角，放在後車廂喇叭旁。雖然老弟的節奏感超強，車上的音樂卻很小聲。回到家，兩位妹妹奔出來擁抱我，娜蕊莎十七歲，查琳十四歲了。她們幫忙卸下行李，扛到我跟娜蕊莎、杜尚共用的房間，每次回家我都睡那裡。約書亞把黑色行李箱往地板一放，開心嘆氣。

我回家了。

在史丹佛大學時，我想家，自問該怎麼回去，可是我太短視了，從未自問回鄉後會怎樣。我沒想過找工作的事，沒想過會在老媽家窩多久，沒想過回到密西西比後陷入泥淖、彷彿從未離開的感覺是什麼。首先，我找不到工作。

兩個妹妹都在上學，老媽還在幫傭，這代表當我起床開始乏味喪氣的找工作之旅，家裡是靜悄悄的，大夏天裡幾乎沒有一絲涼意，約書亞在隔壁房間睡覺。他只跟老爸待了一學年，當老爸付不出貸款搬到另一個公寓後便搬回家。第二年夏天他跟老爸待了幾個月，又回來老媽家。他最後一次搬回來說：「我永遠不再離開妳。」貌似玩笑，其實不是。

約書亞跟我約莫都中午才起床，頭暈眼花，炎熱不堪。他會踉蹌走出臥房，那是全家最小的房間，他的身體佔據了整張雙人床。牆上掛了讀書時的美術作品。老媽幫他架的書架堆滿VHS錄影帶。幾年前，老媽擴建活動屋變成橫向兩排共計四間房，把最小的房間給了約書亞。約書亞不服。

老媽說：「你總不在家啊。」他不是在工作就是跟朋友一起。

他說：「要是我的房間大一點，我會比較常待在家。」又加上一句：「現在我是家裡最大的孩子。」儘管如此，他還是分配到最小的房間。房間的壓迫感有時讓他起床就離家，我都還來不及問他去哪裡。他座車的聲音壓過夏日的聲浪，壓過樹梢蟲鳴，壓過好似大隻昆蟲嗡嗡作響的活動屋電氣聲：我就是被他的車聲吵醒的。

我到朋友家用他們的電腦找工作。填了一份又一份申請表，列印寄出無數份履歷，但是我的英文學士與傳播碩士學位在南方海岸地區的經濟結構基本上無用武之地，這裡有的是賭場、工廠、醫院與軍事基地。我開始申請較遠地方的工作，阿拉巴馬州、路易斯安那州，無果，又試了喬治亞州與更北的地方，完全沒想過獲聘到遠離住處的地方工作該怎麼辦。史丹佛大學的許多同學已經被頂尖顧問公司或者投資銀行網羅，他們的輕而易舉讓我對申請工作的困難重重更感困惑，我打電話給雇主，詢問消息，老媽的長途電話帳單暴增。

約書亞則整天開著新車到處轉，那是他買的八〇款 Cutlass，舊的那輛 Caprice 有天被他玩槍射爆了油箱。他到加油站、賭場、工廠遞履歷，先是在製蠟廠上班，會從廠裡帶回大塊燒融成貌似琥珀的蠟，一邊轉動它邊說：「很漂亮。」之後，他在一家大加油站做清潔工。那是海岸地區頭一家專為卡車服務的大加油站，位於

I—10高速公路旁，他恨死那份工作，工作內容包括清潔廁所。他只做了幾個月便辭職，但是在那兒時他存了一些錢，也在連結加油站的餐廳吃飯，那兒提供便宜牛排跟各式肉，全淋上厚厚沾醬。他喜歡那兒的食物，有時會帶回家。儘管他不喜歡低薪工作，卻總能在其中找到美麗之處，這是他試圖理解世界的方式，賦予他的生命一些意義，讓工作變得差堪忍受，因為這些工作的醜惡明顯可見。

有一次我問他：「你為什麼不喜歡在那兒工作？」

他說：「卡車司機他媽的噁心死了。」

那是六月，娜蕊莎、查琳告訴我們老媽暗示如果我跟約書亞再找不到工作，可能得把我們踢出去。幾個星期後，約書亞找到了。葛夫波特的「輝煌大賭場」聘他代客泊車。他穿紫色襯衫，上面有賭場的名字，胸口還有金線繡的一桶金籌碼。他喜歡這份工作，跟老媽說他終於有機會一整晚開高檔車，還有薪水可領。這份工作很簡單。老媽取消了電話的長途服務，她說我打太凶，因此我讓約書亞上班時載我去加油站買電話卡。沒用。工作還是沒下落。

約書亞還沒到賭場上班前在速食店、製蠟廠、加油站打工，轉換工作期間，他偶爾販賣快克給鄰里幾個上癮者。這是權宜之計，也是黑人社群年輕男子必備之道。因為整個經濟系統陷入泥淖，勞力工作雖唾手可得卻也完全能被取代或砍除，年輕黑人男子在生命裡某個階段多少得靠販毒。我是在另一個寒冷的日子發現他還在販毒，那是一九九九年十二月，我尚未搬回家鄉，只是回家過節。我跟約書亞站在聖史蒂芬路某鄰居的前院。那房子老舊失修。木牆板腐爛，外皮剝落，留下灰、黑、棕色條紋。前門臺階垮了，釘子冒頭，像沒刮的腿毛。那位鄰居在前門呼喚約書亞進去。約書亞身材高大，膚色蒼白，蓬鬆的鳳凰城老鷹隊綠白色夾克讓他顯得更魁梧。進入昏暗的屋內，夾克上的老鷹褪成了奶色。他跟鄰居說話，她笑了：暢快響亮的笑，帶著老菸槍的啞嗓。笑聲穿越空氣。她拿錢給約書亞買貨，擁抱我跟約書亞。我們走人，留下她與朋友在煙塵瀰漫、窗戶水氣濛濛的昏暗屋內聊天。後來回老媽家，我跟著他回房間。屋內溫暖，老媽掛在起居室壁爐上的聖誕燈透過門縫閃亮彩虹色彩。

「你又開始賣了？」

他的眼睛離開電視望向我，說：「是的。」螢幕上是阿諾．史瓦辛格。「我在找工作。」

「說真的？」

他說：「妳以為我喜歡幹這勾當？我跟這裡其他笨蛋不一樣。妳知道當我有工作，我就會幹。」

我是他的大姊：我擔心他。他九年級時輟學，曾註冊「工作協力」[1]上課，幾個月後被打報告說他不準時上課，威脅要開除他，他便離開了。我問他：你為何不去「工作協力」了？他說，每次我開車去上學，就會碰到衣不蔽體的女郎從平宅區跑出來攔住我的車。他聳聳肩說，我又能怎樣？他不是開玩笑。跟他約會的女郎還真的這麼幹，我不懷疑他說謊，他就有這麼英俊。最後他註冊加入「普通教育文憑課程」（GED classes）[2]，也曾短暫想過從軍，看了電影《金甲部隊》（*Full Metal Jacket*）後決定自己不是當兵的料。我問他為何改變主意，他說，我可不要那樣死掉。

那時我隱約知道世界變了，美國正在大出血，藍領工作被移到海外，我老爸以前用來養家活口的工廠活現在越來越少，只剩毫無出路的服務業，我的老弟努力想殺開一條血路，通向某種前途。

我坐到他床邊問：「你接下來要看什麼？」他挪位置給我，打量自己的

1 「工作協力」（Job Corps）是美國政府資助的年輕人就業計畫。
2 美國類似同等學歷的課程，完成後可取得高中級別文憑。

VHS錄影帶收藏。

「不知道。」

「想看《魔鬼總動員》（*Total Recall*）嗎？」

他聳肩。我在他身上看到老爸：肌肉結實的肩頭上圓關節可愛瘦削、鎖骨線條俐落筆直、頸窩上的凹洞。他體型如此魁梧很久了，乍然看到還是吃驚：結實強健、肩頭方正。

他說：「好吧。」

我坐在黑暗裡跟他一起看片，盼著他說些別的，但是他只瞇眼瞧螢幕，雙眉間是一直線，黑棕色眼睛嚴肅。他的腳底摩擦地毯，身上散發的刈草混合椰子油與鹽巴氣味沉澱房內。我的下巴頂著縮到胸前的膝蓋，看阿諾大戰威脅他的外星狩獵者。對方比他強，也比他壯。相形，他只有微不足道的肌肉與愚蠢的希望。

那個夏天我只有一次覺得自己是約書亞的大姊，其他時候，我覺得像是他的小妹妹，因為他有辦法找到工作，有自己的車，還不斷講述一些事情，強調我對自己與他的生活是多麼無知。二〇〇〇年夏天，我把大學時代所有存款（三千美元）拿來買一輛二手白色豐田可樂娜。那車又舊又吵，開起來很丟臉。當我抱怨，約書亞說，屎啦，那我來開。有天我打電話給老爸，說我如果買了機油跟濾清器，他願意幫我換機油嗎？他說好。接著我要約書亞載我去汽車零件店，因為我不知道該買哪種濾清器，又該買多少油？

那是秋天，涼沁沁的，車窗只開了一條縫，車內還行，沒必要開暖氣。約書亞穿了藍格子夾克，坐在我的小車裡顯得巨大。有些街坊朋友譬如羅勃、波特、達克給他取綽號歐傑克，波特說，因為他看起來就像個大屁股的伐木工[3]。

他說：「妳甭像個老女人開車。」

我說：「講啥呢？」

「妳開得太慢。」

「我沒有。」

「妳幹嘛好像不敢加速？」他笑了，我聳肩。感覺自己被教訓，像個小妹妹。他說：「妳根本不會開車。」

我們穿過後面的林子，路的兩旁常綠樹木高大，頂上的天空像淡藍布條，左右散見乾淨的小屋，空氣裡有鄉村秋日氣味：焚木的濃郁松針味與煙味。約書亞點了

3 歐傑克（Ojacc）取其跟伐木工（lumberjack）的尾韻相同。

一根菸。

我說：「你得戒菸。」

他說：「我太緊繃了。」很久以來，他看起來比我老熟很多，所以我很訝異他會跟我談起女友。這女孩因為某位年長親戚企圖性侵，搬來跟我們住一段時間。

他說：「我愛她，我不知道該怎麼辦。這麼愛一個人，該怎麼辦？信任這件事呢？」成長於一個孩子與父親，愛人與愛人，人與國家之間都互信薄弱的社群，約書亞頗為掙扎。他大吸一口菸，從車窗縫吹出去，一些煙灰撞上玻璃飄回車內。他們剛開始交往時，女孩曾背叛他。他在尋求我的建議。我盡力。

我說：「你只能努力，原諒他們，就算他們對你不起，依然相信他們。」

他搖頭。

他說：「我不知道。」

「我的意思是事情就是如此，如果你們注定在一起，就會解決。」

他說：「我好愛她。」

我說：「我聽見了。」我只會這樣說，讓他知道我認真對待這個任務。我說：「我聽見了。」

到了汽車零件店，他帶我去找濾清器跟機油，然後到櫃檯。我付了錢，他扛著袋子到車上。我的腦袋只及他的肩頭高。這是他第二還是第三次坐我開的車，我們是同時學駕駛的，由於他早早就有車而我沒有，多數時候都是他開車。他開車技術比較好，刺了「陽光」與「蠍子」的手搭在車窗上，刺了「杜多爾」與「歐傑克」另一隻手在駕駛盤上。到了零件店停車場出口，我急拉擎轉速，為了證明我不怕開車，加速衝出。那是個錯誤。停車場出口有個大深溝，車子頓時下陷，前面的保險桿撞上水泥，然後大大砰一聲又彈回來。我猛打方向盤將車子開出來。

我說：「哦，幹！」

約書亞回頭看，我認定車子會有拖拉聲。

我說：「我搞爛保險桿了。我知道。」

他說：「可能沒事。咱們到了老爸家再檢查。」他總是很平靜。成熟。有次我對老媽大發脾氣，約書亞笑著說，冷靜，妳冷靜下來啊。

到了老爸位於加斯頓角的家，我們三人站在車旁研究損害。

約書亞說：「還好。」

我說：「才不，你看看這個。保險桿跟車身之間有個凹洞，之前沒有的。」

約書亞說：「我沒看見。」雙臂交叉，屁股翹向一邊。

老爸問：「妳是在講這裡嗎？」他的黑色長髮朝後綁成辮子，在背上如蛇蜿蜒。

他四十出頭，仍無一絲灰髮，體態依舊像年輕人，臉上毫無皺紋。看得出來他很自豪約書亞比他高，變成嚴肅的成年男子了，能搞車子，能養活自己。「妳確定原先沒有？」

「沒有。」

約書亞問：「妳確定。」

「對。」

老爸說：「兒啊，來吧。」他跟約書亞兩人並肩靠在保險桿上，企圖把它推回去。約書亞高大的身軀滑下車頭下方，用力拉，秋陽微弱，他熱到拉開夾克拉鍊。老爸把他從車底拉出來，扶他站直。約書亞拍打褲子的灰塵，我繞到他身後撣掉黏在背部與亂髮辮上的灰塵、砂礫跟草。

老爸說：「幾乎沒損害。」

約書亞說：「沒事了。」

我想，這車又老又破爛，現在我還搞爛水箱罩。真是笨。

約書亞說：「幾乎看不出來。」

我大力吐口氣，學習他的站姿，但是把雙手伸到腋下取暖。約書亞只是想安慰我。

老爸問：「妳還是想換機油？」數年後，這個尋常的回憶平添重量，代表我們曾共享以及已經失去的日常。這回憶熱到發燙，每當我想像老弟還活著，他在寒日裡也溫暖的身體、疤痕的疙瘩、奶油色的腦門都近到觸手可及，我的手指便如幻肢疼痛。

老爸幫我換機油，因為我沒錢請人。當我跟妹妹、外甥開車到基督徒隘口鎮的半路上正時皮帶斷了，也是得靠某個舅舅幫我修。我的卡債攀升到五千美元。我只好退而求其次申請當地邦諾連鎖書店（Barnes and Noble）的工作，也沒錄取。走投無路。當我大學室友朱莉告知她有朋友在紐約市的「藍登書屋」出版社工作，我拜託她幫忙一起轉上履歷表、自薦信與聯絡方式。我的大學男友在紐約市搞金融，另一個大學密友也在那兒的唱片公司工作。我認識一些人。如果有面試機會，我就來個四天紐約行。被雇用了，我就回到密西西比打包，搬到紐約市。如有必要，我會離鄉。

我對約書亞的最後記憶是他在家中走道看到我。我恨死這個記憶。我不記得我們真正最後一次見面是何時，只記得這個。

約書亞看到我房間地板的行李箱。

他說：「妳要去那兒？」

我說：「到紐約面試工作。」我低頭，轉頭，回頭看他，又扭回頭。我想說：面試完我馬上回來，或者說，我很可能弄不到那工作。

他說：「長住？」

我想說：只是去看一看。我回答：「是的。」

他的臉垮下來。我在書裡看過這種形容，現在真實呈現：他的表情從額頭滑下漂亮的睫毛與棕色眼睛、落到嘴角，固著成一個愁眉苦臉。我的弟弟不希望我再度離開。他希望我留下來帶領他。我皺眉。

我覺得自己毫無選擇：三月畢業到現在九月，我依舊找不到工作，債務節節升高。我用信用卡買了一張紐約來回機票，安排了面試期間住在男友家。老媽與外婆載我去機場，在山丘路底停下時，我整個人陷入後座，恐懼，被逼到牆角。

我說：「我忘了我的戒指。」那是外婆送我的十歲生日禮物，給我時警告如果搞丟了，以後再也沒禮物。她說那是金子鑲無色藍寶石，後來我發現只是玻璃。從十歲那時起，我天天戴它，十三年了，此刻在車後座，它不在我的手指上。我說：「我淋浴時拿下了，擱在浴室，幫我找到。」

老媽頭也沒回說：「好的。」跟外婆接續先前的話題，我在後座越滑越低，免得老媽在後視鏡裡瞧見我在默默哭泣，拿手背抹淚。我不想讓她看見我對前往紐約面試有不理性的恐懼；我希望她認為我勇敢聰明有冒險心，做她一直盼望的那種孩子，懂得掌握世界給我的全部機會，義無反顧離開密西西比。我根本不知道自己在幹什麼。

⁂

到了紐約，我直接住進大學時代男友的公寓，那是一棟褐石建築，位於布魯克林的中高階級住宅區「卵石丘」。十月一日到四日，我都會待在紐約工作面試，如此安排是打算五日返家給查琳慶祝十五歲生日。三日，我到中城區摩天大樓的一家職業介紹所面談。跟我面談的女人提問，聽我回答，好像我是什麼新鮮東西。對我明顯的南方口音暗笑，或許還擔心這會不會給可能的雇主造成困擾。當我走出大樓，看到天際線上只有一小條天空，感覺都市就像一隻大手壓下來蓋住我。我能感覺此地的活力、無限的機會與潛能，但是我害怕。這麼多人，看不到藍天綠樹，我要怎麼活下去？我在地鐵迷路，到了上城區才想到我得搭往南的地鐵穿過格林威治村，才能回到布魯克林的男友公寓。但是我還是很自豪最後獨力找到路，我以前搭乘公共運輸的經驗不過是從史丹佛大學坐巴士到舊金山。回到布魯克林，我轉過街角往男友家，這個褐石建築位在小區的最邊緣，靠近高速公路，他就等在門口。男友現在搞銀行投資，一天工作十八個小時。他幹嘛站在門口？

「你在這兒幹啥？」

他很高很瘦，電影明星一樣帥，對我來說似乎有點道理，因為他出身洛杉磯中上階層的非洲裔美國人家庭。如果說我的出身是紅脖子，他就是黃金兒。他的父親是醫生，母親娘家在好萊塢有人脈。大學時代他做過各種受歡迎、平凡正常的事：擔任宿舍助理（RA）、參加校內運動隊伍、進入兄弟會。唯一不正常是跟我約會。我們來自超級分歧的背景，每次我的家庭發生不幸的事——南方黑人加上貧窮才特有的聚合物——總是令他震驚萬分。這可不是他想要的。他想要的是年輕富有玩樂，我生命裡的各種破事、歷史、背景與個性，對他來說都不好玩。他是我第一個真正男友，擁有我老爸那種超凡英俊，到頭來也跟我老爸一樣，離我而去。

男友搖搖頭，什麼也沒說，嘴巴抿得緊緊。他打開前門，我跟他上樓，他在走道轉身面對我，以一種奇怪的垮塌姿態摟住我，呼吸沉重。他放開我，臉上有淚。整張臉垮了。

我說：「你嚇到我了。」這不是實話，我是焦慮。

他說：「妳得打電話給妳爸。」

「為什麼？」

他把電話遞給我。

「打給妳爸。」

我坐到他床上。現在我怕了。面談時我流汗，現在又流汗。黑色無線電話在手裡濕溜溜。男友坐到床上看我撥話。

「哈囉？」

「嗨，爹地，我是咪咪。」

「嗨，咪咪。」

「什麼事？」

老爸大聲喘，喘氣聲破裂，說：「我有事告訴妳，約書亞昨晚發生意外。」

「他還好嗎？」

破碎的喘氣聲又來。

「他沒能活下來。」

電話從我耳畔滑落，我身體向前，張開嘴，發出聲——那是慟哭，呻吟，吶喊——我的體內某個東西碎裂了。男友的手摟過來，不過我躲開，擔心我會吐到他床上。我在這裡幹嘛？為什麼我在這裡，他們在那裡？我的弟弟呢？去那兒了？但是老爸說，老爸說，他剛剛說沒能活下來，走了，走了。他死了。什麼？他死了他死了他死了。然後我想：我弟弟死了。

二日那天下午，約書亞沒班還是去上工，多打幾小時工，賺點額外小錢。他會做完那輪班，代泊昂貴與不怎麼昂貴的汽車，在他們的座位留下溫暖的體溫與凹痕。娜蕊莎與查琳也開車到賭場領娜蕊莎的支票：她在賭場頂樓的餐廳打工。支票在手，她們站在員工的主要出入口，希望瞄見約書亞來上工。她們之前看到他開著藍灰色的 Cutlass 駛入賭場入口，在駕駛座筆挺直視，臉色嚴肅，頭髮從雜亂的髮辮竄出，五官尖銳立體。等了十五分鐘，約書亞並沒走進最接近停車場的入口，她們決定走了，想說他大概走了賭場的其他入口。這是她們對他的最後記憶，娜蕊莎說，真希望我們沒走。查琳說，多待五分鐘也好。我們抓住分，秒，萬分之一秒。幾年後，我很感激家人等到三日才通知我約書亞走了：我因而多了十七個小時，那十七個小時對我來說，約書亞還活著。

二日晚上，他打卡下班，沒走四十九號高速公路轉 I—10 從德萊爾交流道下來回家，決定走海邊道路。我總想著那天夜色一定非常美麗，讓他決定改走九十號高速公路。墨西哥灣上月亮正圓，在清空上閃亮冷冷銀光，水面閃爍映照。黑暗的海平面上，障壁島[4]就像薄睫毛。風從北面吹來，完全不符合九月季節的涼爽，所以約書亞離開上班處，發動車子，揉揉手臂說，超合我的胃口。我想像他喜歡涼風吹上永遠不會變成鬍髭的臉上細毛，喜歡能從車窗眺望開闊的海平面。墨西哥灣海浪輕拍海岸，隔絕海灘與道路的橡樹見證了數世紀的戰爭、人類奴役人類、颶風，見證了約書亞沿海岸開車，大聲朝天放送節拍好笑、貝斯超重、詩意描述貧窮的饒舌樂，樂聲傳入我老媽工作、漂亮到讓我們既羨又妒的南北戰爭時期豪宅。最後他離開九十號高速公路轉入美景街，那是一條安靜莊嚴的道路，百萬豪宅就是它跟高速公路的中線，此時，一位四十許的酒醉白人駕駛跟朋友借來的白色車子，以時速八十哩追撞上約書亞的車子。約書亞下意識踩煞車，在路面留下一條黑色橡皮痕，但是強大的衝撞力、那麼多的屍體、車子、歷史與壓力瞬間湧至一起作用，約書亞煞不住車子。斜滑到某個豪宅前院，撞上消防栓，消防栓離地而起，像掀開沙丁魚罐頭般揭開車體，撞上他的胸口。車子並未慈悲稍停，一路向前撞上橡樹，翻轉，

4 障壁島（barrier island），一種狹長高出水面的砂岩體，與海岸有潟湖相隔。

車頂朝下停在整齊的草坪上。

約書亞死了。

我走向講臺朗誦自己的詩。那是在守靈之後，那是我在葬禮上走向棺材看到白得像粉、恐怖僵硬的約書亞、心想那不是我弟弟之後，那是我驚恐發現他的死亡就像個謊言之後，那是在我全程啜泣、和查琳以瘦弱臂膀摟著彼此之後。那首詩，我現在已經搞丟了，那是應老媽要求才寫，做為追悼的一部分。我跟她說：「我辦不到，我沒法寫詩。」她又要我挑照片做葬禮的紀念T恤。我選了兒時照片，我五歲、他三歲，坐在老爸那輛黑色雷維拉的後座。我嚴肅瞪視相機，約書亞倒在我小小的肩頭熟睡，閃光燈下他的髮色金黃。那時期我們應該是住在那棟高而方正的小房子，坐在前廊臺階，我攬著他，蝙蝠飛掠我們的頭頂，爸媽在屋內吵架砸東西。老媽問我約書亞葬禮的紀念T恤上要寫什麼？我說：「什麼也別寫。」我沒穿那件T恤去教堂的葬禮儀式，事後在母親家的葬禮聚餐也沒穿。五年後才第一次穿。卡崔娜颶風之後。

那首悼念詩，我只記得一句。沒什麼原創性；之後我在其他書裡也讀過。句子裡的訊息是常見的真理，存活者充滿希望的反覆句。我啞著嗓門對著我的家人、朋友，以及現在站在教堂後排以後也將躺進棺材的男孩們朗誦。

他教會我愛比死更強大。

八個月後，娜蕊莎來電。那時我已在紐約待了五個月，睡在有錢的高中朋友位於西村住處的沙發上。那是二〇〇一年。冬日已破冰，鬱金香從厚厚的泥巴地冒頭。那是雙子星大樓崩塌前的春天。我拿電話進入起居室旁貼了磁磚的半套浴間。租這公寓的女孩們那時開始用拍立得拍朋友，照片貼滿浴室，所以當我鎖上門跟妹妹私談，其實滿是觀眾，成群蒼白的紐約文青綳著乏味沉著的富人臉，通常很漂亮。瞪著我看。

「咪咪？」

「是的，我在。」

「老媽跟外婆今天去法庭。老媽說宣讀判決時她哭了。」

「怎麼啦？」

「撞他的酒駕被判五年。」

「蛤？」

「沒用駕駛過失殺人起訴，用別的罪名，逃離事故現場。」

訴。」

「老媽說事後法官把她跟外婆叫進房間，跟她們解釋為何無法依過失殺人起

「我不明白。」

「為什麼？」

「老媽說她只能哭。」

我開始哭。牆上的面孔如此平靜。如此年輕。我掛斷電話，打給大學時代的男友，跟他說判決結果。幾乎語不成聲。

他說：「妳期望什麼？」語氣不耐，想回去工作。「那是密西西比啊！」

所有眼睛鄙夷瞧我。這邊一個年輕女子臉蛋完美對稱，黑色眼眸，美到讓人看了心痛。那邊兩個男孩並肩站，手臂攬在對方肩頭，沙色頭髮，翹起下巴。我跟男友的對話十分簡短，他問：「妳要我幹什麼？」我說：「我想要一個擁抱。」他說：「我得工作了。」這代表不。談話結束。掛上電話，我兩手捧臉坐到地板。

那男人喝醉了。警方發現當天他出入數個酒吧，也在賭場喝了酒。撞死我弟弟的那晚，他的車子曾打滑把朗諾德妹妹的車子擠出道路。他從後面追撞約書亞，時速快到他的車子打轉飛出美景街，跨越兩線道馬路掉到沙灘上。那晚造成我老弟撞車的原因本是一個謎。警方以為他只是失控，但是第二天有人打電話給基督徒隘口

鎮警察局說海灘有輛車。那人撞了我弟弟之後，蹣跚踏出車子回家了。等到警察循線找到車主家已是第二天，駕駛不再酒醉，線索冷掉。他四十幾歲，白人。我弟弟十九歲，黑人。這位酒駕者終於被捕，以逃離事故現場起訴，那是刑事罪。最後被判五年，並得賠償我媽一萬四千兩百五十二點二七元。他只坐了兩年牢就被釋放，也根本一毛錢沒補償我媽。娜蕊莎跟他的姪子上同一所高中，他試圖替叔叔道歉。根據娜蕊莎的說法，他侄子說他總是幹爛事。

我想著：幹，五年。我弟弟的一條命在密西西比就值五年。五年。

我們在這裡

在搜尋如何訴說這個故事的過程，我發現更多關於何謂南方貧窮黑人的數據。全美有六個州的黑人人口佔四分之一強以上，其中之一是密西西比州，黑人人口為百分之三十八[1]。二〇〇九年，美國貧窮比例最高的地方是南部，又以密西西比為最，百分之二十三點一的人口生活在貧窮線下[2]。美國普查局一份報告指出，密西西比是全國最窮的地方，部分原因是分配給鄉下地區的發展經費不足。家戶的年平均收入為三萬四千四百七十三元[3]。根據「美國人力發展計畫」的調查，密西西比的「聯合國人力發展指數」在全美墊底。人力發展指數是綜合預期壽命、識字率、

1 作者注：http://newamericandimensions.com/drupal/content/10-notable-statistics-black-history-month.

2 作者注：www.irp.wisc.edu/fags/fag3.htm.

3 作者注：www.csnsus.gov

教育與生活水平的評比[4]。密西西比有百分之三十五的黑人生活於貧窮線下，白人只有百分之十一。二十到三十歲的黑人男性中，每十二人就有一人入獄[5]。最近哥倫比亞大學梅爾曼公共衛生學院發現貧窮、缺乏教育、薄弱的社會支援造成的死亡率不遜心臟病、中風、肺癌[6]。這些數字就是現實的果實。

根據所有的數據、所有的官方紀錄，歷史、種族歧視、貧窮、經濟實力聚合下，現時我族的人命就是：一文不值。

我們承襲的東西讓我們滋生沮喪、自我憎恨，悲劇因而倍增。好多年，我都扛著這份沉重的絕望感；約書亞剛過世時達到最高點。那時我在紐約市工作，每天上午通勤上班，我都得奮力擠過人群才能抵達地鐵，找到一個站位。初到紐約我住在有錢白人朋友家，睡在她們的古董沙發五個月，為表感謝，我像個女傭清掃她們的房子，幫忙遛那隻超級討厭我的狗。接著我搬去跟當時的男友住，睡同床還得付房租，三個月。之後我搬去跟某個演員住了九個月，然後跟朋友介紹的兩個女孩合租房子。

我從這裡搬到那裡，在城市流浪，尋找生活所需的洗衣店、雜貨鋪、地鐵站，沮喪困惑。晚間，我搭一路鏗鏘響的空蕩地鐵回家，不是胡思亂想就是睡過站，迷途於磁磚骯髒的地鐵迷宮裡。我在時代廣場的戲院外匆匆走過脖子被刺、倒在人行道瀕臨失血而亡的男孩。我經過頭髮糾結的女遊民，手上紙板寫著：請幫助無家可歸的人。我在F線地鐵上昏倒。我在子夜與朋友搭乘地鐵到夜店買醉，清晨四點踉蹌跌進計程車回家：胡言亂語、狼狽不堪又感覺超棒地斷片。每週有三個晚上我會買回幾加崙的巴西蘭姆酒，加入一匙又一匙的糖與冰塊，一口飲盡，想像自己是卡琵莉亞雞尾酒鑑賞家。我跟牙買加人抽大麻到整個茫掉。

每天我都瞪著鐵軌、即將進站的列車、第三軌道上的保護木蓋，想著為什麼我還活著，而我的弟弟死了一年、兩年了？每天我沉入城市的肚裡瞪著那些鐵軌，想著家人如果同時失去我跟我弟會如何？但是他們那麼遠，而我的痛苦悲哀與孤獨卻是那麼近。它伴我入眠，陪我走過擁擠街頭。當我真的很寂寞與沮喪，我會想像老弟走在我的右側後面一點，摟著我的肩頭，便略感安慰，直到發現我還是孑然一人，他依然已逝，永遠不會陪我走過被高樓陰影遮蔽的街道，穿過蒸騰的垃圾臭氣，踏

4 作者注：measureofamerica.org/maps/

5 作者注：Matt, Volz. "Male Prison Population Mostly Black," Associated Press, August 23, 2003.

6 作者注：www.upi.com/Health_News/2011/06/18/Poor-education-deadly-as-a-heart-attack/UPI-89501308377487/?spt=hs&or=hn.

過陰險冰雪、拉著外套蓋住我的頭頂，保護我。

有時我瞧自己的手腕，想像右手拿起剃刀在左手割下去是多麼容易，想著只劃一刀能否就流血至死。因此我在左手腕內側刺了老弟的簽名，看起來像是他死前在我手腕簽名一樣，蓋過割腕的下刀處。因為我絕對不會劃過約書亞的名字，給自己致命一刀。有時我擠過中央車站的人群，想找個地方吃飯，一個可以獨處的角落，讓自己消失於背後的牆壁裡，我蹣跚穿越男女，感覺彼此碰觸，我被包圍，這讓我自覺前所未有的寂寞與孤獨，儘管身旁是西裝筆挺的男士、穿黑色毛外套的上年紀女人，還有臉蛋黏膩的小孩。這種時候我又會幻想拿左手割右手，便再去弄個刺青蓋住右手腕內側下刀的地方。那是約書亞的親筆字，我讀大學時他寫信給我的落款：愛妳的弟弟。這就是我的刺青：愛妳的弟弟。

離開紐約後，我發現「時間會治癒一切」這句格言是假的：傷痛不會消失。傷痛會像我身上的疤痕，結痂拉扯編織出新的痛苦花樣。以新的方式來痛。我們永遠不會擺脫傷痛，永遠甩不掉辜負他人的感覺，永遠受困於自我憎恨，永遠無法認出是世界造成這些破事，錯不在我們。

死亡蔓延，像真菌蠶食我們社群的根基。二〇〇八年，十七歲女孩達琳穿越基督城隘口鎮鐵道被火車撞死。幾年前的一個冬日，羅格的妹妹蕾雅在哥哥過世七年後死於肺炎敗血症。幾年前，一個叫馬特的男孩中槍，帶血爬進路旁的林子死掉，他跟C. J.很親，就像他小弟。還有不到一年前，一個叫莎布蕊的女孩被男友刺殺，在兩人的床上裸體而亡；當親戚終於找上門，她的六歲小孩讓他們進門，說媽媽在睡覺，身上都是番茄醬。這就是我每換一個工作都會選擇含有人壽的保險，也是我不喜歡接電話的原因。每當我想到我的外甥安靜有趣又理智，想到外面的世界有什麼在等著他，我的恐懼便自腳底竄升。

儘管如此，我還是返回孕育我又同時扼殺我的家鄉。我推掉了薪水更高、更有發展與升遷機會的工作，搬回密西西比。每天醒來總想著要是夢見弟弟多好。我自己根本就掙扎求存還要扛負哀傷。我明白何謂圍城。

那是可怕的重量。伴隨歲月過去，我發現記憶萎縮，只能仰賴照片。我看著他最後一次的慶生照，椰子蛋糕上插了一根燃燒的蠟燭，約書亞嘴角扭出笑容，心想：我記得那天。另一張照片，他雙手高舉，跟街坊其他男孩站在馬路中央，我想起他抱怨我的大相機，說我像觀光客。當時他們正要去公園，被我攔住要求拍照。當我看到他的側臉照，眼睛閉著，想到我得仰著臉才能拍他，陽光照在他臉上，模糊了線條，我跟他說：老弟，看我啊！他好可愛，看著我啊！

突然在舊錄影帶裡看到他的影像與動作，那感覺更糟。因為我已經好多年沒見過他，除非在夢裡。老媽找到一卷舊ＶＨＳ，叫我、娜蕊莎、查琳一起看。她把錄影帶塞進機器，靠後坐，面無表情。我坐在最靠近電視的床上，妹妹們在我背後。螢幕上，約書亞走進奶油色牆壁配醬紫色地毯的舊活動屋起居室，穿了淡色牛仔褲跟灰色Ｔ恤，我忘了他是那麼高。影片裡，外甥才一歲，身上只包了尿片。我跟妹妹們在畫面角落。查琳按下收音機，傳出饒舌音樂。外甥腦袋往後仰開始蹦跳，想抓住節拍。一個聲音說，跳啊，外甥，跳啊。

查琳問：「那是誰？誰在說話？」

來啊，外甥，跳。

我知道那是誰。那聲音像我，但是深沉。強硬。

娜蕊莎說：「那是約書亞。」

我都忘了。

約書亞說，照這樣做。他也像外甥那樣上下蹦跳舞動。影片裡我們都笑了。

我傾身向前，眼睛像飢餓的嘴吞食約書亞的影像，我的身體是餓扁的胃，永遠不會飽食。我搖晃身體，哭泣。

我弟弟說，妳們瞧瞧他。

我說：「我真的好想念他。」話語從我嘴裡潮溼破碎冒出，因為飢餓，我無力阻止。

約書亞說，他在跳舞。

我的背後，老媽與妹妹的臉蛋都濕了。

弟弟說，跳呀。

每年他的忌日，我醒來就恐懼萬分，又一年過去了。無論在哪裡，那天我都把自己鎖在房內哭到眼睛腫閉。處於渴望的邊緣加上擔心忘記他是誰，忘記我跟他相處的生活，讓我麻痺不能動，加速下沉，像年輕時看的卡通片人物陷入泥淖，在冰冷快速的沙流裡進退不得，然後：溺斃。約書亞死後，老爸便不再工作，只打零工，靠一清拉麵跟熱狗過活，每天同時看兩臺電視數小時。老媽每隔幾星期就去清掃約書亞的墳墓，拔雜草，掃平墓前的沙地。每年忌日，她躲到房間拉下百葉窗，讓黑暗與寂靜包裹。約書亞的生日，她買菊花到他墓前，清潔她買來放在那兒的小天使瓷像跟泰迪熊，娜蕊莎與查琳在墓碑上綁氣球，年年如此，這年他三十三歲了。老媽說：「我只夢到他小時候，他永遠是我的小男孩。」

這就是哀痛。

哀痛儘管沉重，卻點出了他的重要性。羅格、戴蒙、C. J. 與朗諾德留給我們的沉重包袱正說明他們的重要。這些朋友的一生，我只寫到一點點。約書亞短短十九歲的生命以及十三年的死後歲月，這其中的價值，本書只點出萬一，遠遠超過我能訴說。這就是我的困境，因為我能做的就是訴說。

有一次我們到麥克勞德州立公園玩，是大群白人中唯一的黑人團體。那是阿姨安排的遠足，除了我，還有娜蕊莎、查琳、約書亞，表親盧菲斯、達納爾，以及達克、希爾頓、奧斯卡、C. J. 幾個街坊男孩，我們單獨坐在一處淺灘喝啤酒，拿金色棕色酒瓶扔到沙灘，再拿垃圾袋收回。那天很熱，海灘很小，白人、黑人努力無視對方。高高的雲朵蓬鬆，我們在暗琥珀色河流游泳，坐在紅色陶土沙灘，互相拍掉肩頭的沙子。一艘無頂棚的白色平底船溯河而上，上面一群男人跟一名女子，白色肌膚被太陽照得點點發紅，亮金色頭髮蓬鬆，岸上白人一陣歡呼。船上某男子亮出南方邦聯旗，岸上一個男人舉起雙手，手肘交叉擺出X，大聲嚎叫。我想：這是柵欄的手勢。突然間我超想遠離這群沙灘上的白人、他們的星辰、他們的柵欄、他們的眼光、他們的嚎叫，這些是許多密西西比白人政治人物或多或少說過的密碼語言：你一文不值。

約書亞站在他的 Cutlass 前，炙熱陽光照得車身成褪色藍。女友塔莎站在身旁，蒼白瘦小。那天的陽光不足讓膚色晒成古銅色。約書亞的頭髮像蛇盤過頭頂落到額頭，沙色，活生生。他往後甩頭，這樣才能看清我們。

他對我們所有人說：「我不知道你們為什麼那麼訝異。」眼神卻單獨停駐我身上：「白人也有幫派啊。」

約書亞有一套理解世界的方式。至少他在世上的短短停留試圖如此，想看出事物的模式，找出統計數字後面的意義。這是我數年後才做的事。他想要「意義」。基督徒隘口鎮有個老黑人在超市門外，拿牌桌與折疊椅擺了個小攤，販售他以塑膠鐵絲編織出的花樣複雜十字架。這間超市後來被卡崔娜颶風完全摧毀，只留下扭曲如細長樹木的彎曲鐵梁。有時約書亞開車夜遊，會停車跟老人坐一會兒，聊天，詢問：你對上帝有什麼了解？我們為什麼會在這兒？那老人或許稍早賣出了一個十字架賺了幾塊錢，與其說是開心賺到錢，不如說是開心作品有人賞識，因此當這位高大的橄欖膚色年輕人穿著露出內褲、吊嘎汗衫還不及腰間的短垮褲，飄散止汗劑、鹽巴味與菸味，搖擺走過來詢問，老人很開心，會露出微笑，說——

我不知道他給約書亞的答案會是什麼，也不知道約書亞覺得有沒有道理。或許當復活節星期日球賽結束，我們三三兩兩在街頭說笑，約書亞站在人群邊，手中扯著斑紋比特犬的狗鍊，心頭冒出來的會是那位虔誠信徒給他的答案。又或許那個冬日夜裡，他、達克、娜蕊莎、C. J.、羅勃、艾爾登、查琳、希爾頓、達納爾、波特、迪安卓、塔莎跟我窩在希爾頓家時，他心裡也想著這位虔誠信徒給他的答案。那時我坐在廚房的桌子旁，手拿啤酒，面前還有一整箱百威。大家都在喝。希爾頓老媽不在；她不管我們幹啥，把整個家讓給我們。她不在家的那個夜晚真是冷，寒氣直接竄上地板。我醉到無法坐直，身體往下滑，腦袋靠在椅背上，感覺比較舒服。約書亞從起居室走進來，拿著啤酒站在我面前。他比我清醒。而不管醉不醉，他都比我嚴肅。

他問：「妳幹嘛？」我吞下啤酒。

那晚我感覺很棒，這並不常見；多數時候我總是不快樂、沮喪、思鄉。約書亞與這些朋友過世後，我才發現自己對「不快樂」的認識那麼少。那個寒冷的晚上，我回家過聖誕節，很高興能了解約書亞的近況，一起出來玩，我的感覺是驕傲，因為他六呎一吋一百九十磅重，而我才五呎三吋一百一十磅，跟他喝得一樣多卻還沒醉到吐。我想讓他知道我對他的評價，我愛他，仰慕他，希望自己真正長大像他那樣，我向他舉起啤酒罐致敬，張嘴說：「我跟大哥是一夥的！我跟大哥是一夥的！」我醉到口齒不清。我是他姊姊耶。他溫柔看著我。不知是否在想待會他還得把我扛上車躺到后座，那種時刻，我與他後來都會不復記憶，那種時刻裡，他會是我的大哥哥與保護者，第一個開門走進去的人，我是他的小妹妹。

塔莎說：「她瘋了。」

約書亞笑著說：「她醉了。」

每次我從大學返家，不管是待幾天、一星期或者一個月（抑或他死前我窩在家的那六個月），他只要走進我跟娜蕊莎共用的臥房，或許同樣的問題也盤旋他的心頭：這個世間給我的位置究竟是什麼？碰到這樣的夜晚，他會說：「來吧，跟我開車夜遊。」

那個夏天，我簡直像個賤人，老為了小事跟他吵架，譬如我得照顧外甥杜尚，他卻不肯。或者他把一大盆大腸放進微波爐加熱，搞得一屋子臭氣。但是我從不拒絕開車夜遊的邀請。我們會吵架，之後忘記吵架原因。當他邀請我一起駕車出遊，我覺得自己好特別，因為他想跟我在一起。他死了之後，我常想他知不知道這點？記憶最清晰的是我們最後一次遊車河：他穿牛仔短褲跟吊嘎，一頭亂髮沒梳。我跟著他走出大門。那是晚上。空氣濕熱，坐進車裡，座椅都是潮的。約書亞發動車子，它轟然咆哮活過來。我們手動拉下車窗，把手滑溜溜。同時間音響開始播放。他播歌給我聽，節奏逆天，因為喇叭開得超大聲。幾年後，我只記得最後那首：鬼臉殺手（Ghostface Killah）唱的〈妳是我僅有的〉（*All I Got Is You*）。

約書亞說：「有首歌讓妳聽聽。」

他把音響開大聲，歌聲轟然而出。鬼臉說：這是給所有家庭的歌。這是獻給你家庭的歌。後車廂嘎嘎響。鬼臉唱：想到自己的過去，想到自己年輕時。蝙蝠在黑暗中扭動身體捕捉食物。鬼臉唱他們很窮。犰狳在排水溝爬行，被車頭燈照到動彈不得。鬼臉唱父親在他六歲時離開，老媽收拾了老爸的東西，趕他出門，之後哭了。松樹在暗夜舞動。一排排如大浪往後退。有時我抬頭看星星，分析天空，然後自問我存在的意義是什麼……為什麼？鬼臉啐了一下，彷彿迫不及待要逃離自己的軀殼，一秒鐘也無法忍受置身其中。

約書亞說：「這歌讓我想起我們。」

我們駛離聖史蒂芬路，離開家，離開黑人社區的擁簇房舍，進入德萊爾的白人郊區，駛向泥淖河口，過橋，夜裡，河水閃現銀光，草兒變成黑色。老弟反覆播放那首歌，我們的過去與現在就像是另一個手足坐在副駕位置。我們穿過基督城隘口鎮到海邊，行駛於幾個月後成為他死亡地點的美景街，這樣就能看見墨西哥灣敞現地平面，沙礫白似墓碑。我移開停在約書亞臉上的視線看向窗外，不讓他看見我的臉隨著車行在哭泣，想到老媽，想到老爸、娜蕊莎、查琳跟他。我擦乾臉，覺得不好意思，約書亞沒說話。我們駛離海灘穿過基督徒隘口鎮，經過泥淖河口、史蒂芬路，繼續深入鄉間，遠離所有房舍與燈光，車行於天空的黑色腹內，星星的微弱火光好冷好遠。就在這時，路邊浮現一匹深色馬與一匹白馬在吃草，經過時，牠們看似幽靈般昏暗，幾乎不存在。藤蔓攀爬大樹的樹枝與電線垂至路燈上，葉面因而閃亮如聖誕燈。夜風像強硬的手壓迫我們胸口，將我們釘牢於座位上。我們開得很久，遠到似乎可以逃離自己的故事，像鬼臉說的：獻給所有熬過掙扎的家庭。但是到頭來，我們沒有。

之後，我再也沒跟人這樣夜遊過。跟男性表親魯菲斯、包德瑞克、唐尼、雷特、艾爾登，或者朋友馬克出去時，我會要他們開車，但是感覺不一樣。當我們駛在穿越德萊爾森林的路上，有時我會閉上眼，喝酒，感覺風像手壓到我的臉上，想到約書亞，想著開車的男人可以是他，高大嚴肅坐在駕駛座上，右手隨意搭在駕駛盤，那個時刻，我的兄弟就在我身旁，指引方向帶路。然後風兒拍擊要我睜眼，道路兩旁樹木在黑暗中抖顫，空氣裡有焚燒松針的味道，我睜眼，迎接我的是現實。

當約書亞過世，他帶走了我們的許多故事。兩個妹妹太小不記得，看不清整個事件的龐然重量，因為她們沒經過我們的日子。我書寫是藉文字尋找約書亞，確保往事確實存在，徒勞無功地在其中尋找意義。到頭來，我只知道一些微不足道的事實：我愛約書亞。他活過。他曾在這裡。某個巨大浩瀚的東西帶走他，帶走我所有的朋友：羅格、戴蒙、C. J. 與朗諾德。一度，他們活過。我們想奔離在我們身後追趕著說你們一文不值的東西。我們試圖漠視它，有時卻發現自己重複歷史，被洗腦，喃喃說著我一文不值。我們喝太多、抽太多，錯待自己與他人。我們困惑。龐大的黑影籠罩我們的生活，卻沒人認出它是什麼。

我們這些存活者做著該做的事。生活就像颶風，我們釘上木板，搶救能夠搶救的東西，低頭蹲下尋找颶風不及的方寸泥地。我們紀念死者的忌日，掃墓，坐在他們身旁，靠著火堆分享他們永遠沒法再吃的食物。我們生養小孩，告訴他們其他事：他們可以成為什麼樣的人，他們的價值，說他們就是我們的全部。我們死命愛著彼此，活著如此，死了亦然。我們存活；我們就是蠻人。

十二歲時我照鏡子，自認我看到的錯誤來自老媽跟我自己。它們堆疊成一個我終生背負的黑色記號，我痛恨眼中的自己，那是來自他人對我的仇恨，而後滋生成自我憎恨。我以為沒人愛、被拋棄與被迫害就是南方貧窮黑人女性的遺產。長大後，我以全新眼光看老媽。我看見她身上的重負，來自她的成長歷史與身分認同，也來自這個國家的歷史與認同，在在迫使她發揮最大天賦。我的母親有勇氣照顧四個飢餓孩子，餵飽我們。我的母親堅強，不顧健康做牛做馬也要養家活口。我的母親有那個韌性把來自原先家庭的碎片重新彌合成一個家。母親的榜樣告訴我其他：被連根拔起的人就是這樣熬過浩劫與奴役。南方黑人就是這樣在恐怖主義與吊索的威脅下組織起來取得投票權。這是人類睡覺、起床、奮鬥而後生存的方式。到頭來，這就是一個母親對女兒的教導：勇敢、堅強、韌性，睜開眼迎接現實，從中創造。做為一個長女的長女，我也剛剛生了女兒，我希望能教導孩子同樣的事情，把母親的餽贈傳遞下去。

沒有母親的榜樣，我絕對無法正視傷逝的歷史，以及注定要失去更多的未來，寫下縈繞不能忘的事，那些敘事說著：哈囉，我們就在這裡，請聆聽。這並不容易，但是我堅持繼續。有時我不知疲倦，有時我累到骨裡。當我累了，我就想像：當我死去那刻，會發現自己站在那條長長有坑洞的瀝青馬路，兩旁松樹低聲呢喃，藍天太陽高照熾熱。遠處傳來汽車轟鳴以及貝斯節奏。一輛八五年分的褪藍色Cutlass切過地平線，咆哮駛過馬路，停在我面前。煞車太快，沙礫嘎響。我弟弟的刺青長手臂會推開副駕車門，另一隻手放在駕駛盤上，水亮的黑色大眼珠瞧著我，臉蛋柔和。他會知道我在等他。他會說：來，跟我去兜風。我會的。弟弟。我就在這兒。

感謝詞

當然，首先要感謝本書提及的幾位年輕人的家人，在我敘述生命所愛之人的故事過程，他們提供了極為寶貴的資源。如果不是你們與我分享你們的愛與哀痛，此書無法完成。因此對以下幾位的直系與旁系親屬，我致上無謝的感激：羅傑．丹尼爾、戴蒙．庫克、查爾斯．馬丁與朗諾德．杜多爾。特別感謝 Dwynette, Rob, Cecil 跟 Selina，關於他們的表親與摯愛之人，我提出一個又一個問題，他們均耐心回答。

我很幸運參與了一個傑出的寫作團體：Sarah Frisch, Stephanie Soileau, Justin St. Germain, Mike McGriff, J. M. Tyree, Ammi Keller, Will Boast, Harriet Clark, Rob Ehle, Raymond McDaniels 與 Elizbeth Staudt。Sarah Frisch 惠我良多，在我還不確定要寫成回憶錄形式時，她便一章一章跟我討論本書。我要感謝我在史丹佛大學拿斯坦格

納獎助金期間跟我共事的教職員與學生，對此計畫助益甚大，尤其是 Tobias Wolff 與 Elizabeth Tallent。本書的初稿完成於我在密西西比大學擔任 Grisham 駐校作家期間，因此我必須感謝該校每個人，以及密西西比牛津市社區展臂歡迎我加入他們的文學圈，讓我得以豐富創作、受到啟發，受益良多，特別要感謝 Ivo Kamp 跟 Richard Howorth。我要感謝密西根大學相信我、教導我、培育我，特別是 Peter Ho Davies, Laura Kasischke, Eileen Pollack, Nicholas Delbanco。替別感謝 Thomas Lynch 教授我許多非小說創意寫作的知識，本書種子萌芽於我在他的課堂交出的散文，是他率先鼓勵我寫出自己的傷痛。他永遠和氣助人，當我失去言語能力，他在課堂上大聲朗誦了我的散文。

我要謝謝我的經紀人 Jennifer Lyons，她最早看出我有回憶錄的材料，打從一開始就熱情投入。同時要謝謝我的宣傳 Michelle Blankenship，宣傳能力卓越，也是很棒的朋友，當我在紐約市感覺好似飽食了三小時的韓國烤肉，她總能以幽默取悅我。我要感謝我的好友暨編輯 Kathy Belden，當本書還只是半成形，她便細讀初稿，給予寶貴意見，鉅細靡遺，幫助我盡力寫出最好的作品。如果沒有她，我會是比現在差勁得多的作者。

過去兩本書，母親一直督促我謝謝獎助我上傑出高中的那位先生，因此在我的第三本書，我要謝謝 Riley Stonecipher 看出我的潛力，慷慨資助我求取更好的教育。急人所急，世間因為這樣的人變得較美好。初高中時代，許多朋友、老師、圖書館員看見我的潛力，協助我走上寫作路，特別感謝 Mariah Herrin, Kristin Townson 與 Nancy Wrightsman。

最後我要感謝德萊爾的鄉親，少了他們，我無法經歷這樣的生活並寫下來。感謝 Blue, Duck, Loc, C-Sam, Scutt, Pot, Fat Pat, Darrell, Darren, Jon-Jon, Ton-Loc, Tasha, Oscar, B. J., Marcus, L. C., Rem, Moody Boy（許多人告訴我他們的故事，協助我寫出此書）。我要感謝我的朋友與表親，寫作此書的壓力幾近無法承受時，他們安慰了我：Mark Dedeaux, Aldon Dedeaux, Jillian Dedeaux。有時我連續數日無法下筆，是你們安慰我：會過去的。感謝 B. Miller 知道怎麼讓我笑，所以我才不哭。感謝父親告訴許多家族故事，強調歷史與回憶的重要，並教導我相信社群的力量。感謝我的外婆朵拉絲教我知曉家族歷史，教我如何成為堅強美麗的女人，而且燒好菜給我吃。感謝我的母親允許我寫出這本書，釐清了家族傳承的一些事實，當我們遊盪野地，感謝她哺育我們，在窮途末路裡替我們披荊斬棘。感謝我的外甥女 Kalani 與外甥杜尚，當我需要時給我擁抱，以蠢事為樂，讓我明日將有曙光的希望。感謝我的寶貝女兒 Noemie 每日吵醒我，提醒我心懷感激，驚喜自己走到今日，感謝她讓我辦到我原先以以為不可能的事，因活著而快樂。感謝我的妹妹查琳堅持我完成此書，協助做了許多研究工作，敦促我說些原本不想說的家族故事。最後感激我的妹妹娜蕊莎在卡崔娜颶風時搶救了我的電腦，她也是第一個告訴我必須說出家族故事、堅持它們深具價值的人。我的妹妹們，此情終生難還。最後，我想謝謝前述者，感謝你們愛我，陪我走過試煉，給我一個家。謝謝。

推薦跋

《我們收割的男人》之後

文——郭怡慧（Michelle Kuo）

我的父母來自臺灣，我現在也住在臺灣，卻是在美國出生長大。就讀密西根州公立學校，而後哈佛大學，企圖在那裡找到自己的目標與動力。非洲裔美國作家詹姆斯．鮑德溫的[1]一段話，對我而言，是指控也是挑戰：有些自由主義分子閱讀所有該讀的書，擁有所有正確態度，卻缺乏堅定投入。情況危殆，你寄望他們伸出援手，他們卻不在那裡。

我把這句話刻在心裡：他們卻不在那裡。我該在哪裡呢？

我決定那該是密西西比三角洲，我接了當地中學的教職。年僅二十二的我天真

1　詹姆斯．鮑德溫（James Baldwin），美國小說家，劇作家，著名作品為《喬凡尼的房間》。

且精力滿滿，搬到阿肯色州的赫勒拿（Helena），約在密西西比州德萊爾北邊三百哩處，後者是本書作者潔思敏・沃德長大（而後自然成為本書主題）的地方。我選擇三角洲（更廣義地來說，美國南方），因為我認為它是極度堅忍與勇於行動之處。這是沃德筆下：「被連根拔起的人熬過浩劫與奴役」的地方，在這裡，「黑人在恐怖主義與吊索的威脅下組織起來取得投票權」，在這裡，人們「睡覺、起床、奮鬥而後生存」。

二〇〇四年，我來到三角洲，大約是沃德書中所寫的年代。雖然此地的景觀異於沃德的德萊爾，卻面臨相同問題：貧窮鄉間、隔離、蒸發殆盡的工廠工作。我服務的學校沒有圖書館、沒有體育館、沒有輔導老師。半數老師是代課教師，還有一年，我們換了四個校長。那是所謂的「替代性學校」，用以安置被其他學校開除的學生，現在我發現，本質上，它就是垃圾場，供你傾倒沒人要的學童。

但是，誠如沃德寫的，這裡的人是鬥士與存活者。我的學生渴望成就，儘管他們未必表露出來。他們珍惜每日三十分鐘的「靜默閱讀」（silent reading）[2]，他們自由選擇想讀的書。一位年輕女孩說這是她一天裡唯一的平靜時間。另一個想把書帶回家分享弟妹，她說：「書很貴。」羨慕看著一整批模樣簇新的新書。學生們讀書，交換彼此喜歡的書。一位學生告訴我：「這跟其他課不同，那些課，我像個笨蛋呆坐，這個課，我能聽見自己在思考。」

後來我們閱讀有關死亡與傷逝的青少年讀本。這讓學生踴躍發言。他們全未滿十七歲，全有一位朋友死亡。槍枝暴力、毒品，或者鄉間地區比較常見的嚴重意外事故。他們的回憶該放於何處？那是誰的錯？他們的錯嗎？為什麼會發生？當然，他們太年輕，不該承受此種傷痛，或者提出上述問題。

到職四個月後，我也折損了一名學生，十五歲的J，死於搶劫花鋪。他抱著一袋零星銅板竄逃，被人從後腦勺槍殺。葬禮上，我指導學生認識儀式，鮮花該擺何處。第二年，J的弟弟成為我的學生，充滿憤怒與不信任，有一次朝我扔椅子，不只一次把紙張掃落地板。當我問他想不想寫些紀念哥哥的東西，他的眼睛亮了。他嘴巴沒說，那雙眼睛卻說「想」。我教他怎麼寫。每天下課後，我們一起修潤，點滴打磨，像雕刻石頭。然後完成了。一個星期日，我開了一個半小時的車到專業拷貝店，將它放大成海報大小，掛在教室牆壁。那個學年，每次他來上課，第一件事就是看自己的詩。他的母親後來把詩供在他哥哥的墓前。

2　每日固定一段時間的閱讀。學者認為學生不喜歡閱讀是因為身旁大人不愛閱讀，因此每日撥出一定時間全校師生放下手邊工作，單純閱讀。

當我讀《我們收割的男人》，我不斷回想我的學生：他們的哀與愛，他們的熱情與天賦，他們對問題如此飢渴，答案卻相形匱乏。我思索自己不明白、沒經驗的部分，我有兄弟，但是他還活著，因此，我不明白失去兄弟的滋味。在本書絕望而有力的終章，沃德帶領我們正視那種傷痛：「每年他的忌日，我醒來就恐懼萬分，又一年過去了。無論在哪裡，那天我都把自己鎖在房內哭到眼睛腫閉。處於渴望的邊緣加上擔心忘記他是誰，忘記我跟他相處的生活，讓我麻痺不能動，加速下沉。」

沃德也寫出傷逝如何改變她的雙親。她的父親「不再工作，每天同時看兩臺電視數小時。」她的母親每隔幾星期就去清掃她弟弟的墳墓，「拔雜草，掃平墓前的沙地……」母親說：「我只夢到他小時候，他永遠是我的小男孩。」

◇◇◇

「我們收割的男人」這幾個字來自哈莉特・塔布曼。這位著名的女黑奴逃脫奴役，至少十三次嘗試拯救其他被奴役的人，包括她的親人。她可以逃到加拿大，奔向自由與安全；她沒有。塔布曼描述南北戰爭裡一支全黑人的軍團進攻失敗，折損半數人馬：「我們看到閃電，可是，那是槍；然後我們聽到雷響，可是，那是大管槍；然後我們聽到雨珠落下，可是，那是血滴；然後我們收割，可是，收刈的卻是死去的男人。」這畫面把死亡勾勒成壞收成，染患枯病的果實。

如果你開車穿越今日阿肯色與密西西比，你會看到一畝又一畝的盛放棉花田，一定會想到採收棉花的人，以及他們曾被允諾的土地卻從未兌現[3]。我又想到另一個有名的「前」奴隸弗雷德里克．道格拉斯（Frederick Douglass），他自學讀寫，成為最有名的演說家與廢奴運動者。

三角洲的年輕人對這段歷史有何共鳴呢？我在《陪你讀下去》（*Reading with Patrick*）書裡提到下面則故事。教書第二年我認識派崔克，當時十五歲，我訝異他的安靜內向。三年後，他輟學，捲入鬥毆，失手殺人，在監獄等候判決。我想給他一些能安慰啟發他的書。我認為他對道格拉斯的故事會很有感。道格拉斯是英雄，不是嗎？

但是那本書讓派崔克恐慌，執著於道格拉斯講的一則故事：聖誕日，農園主人

3　美國內戰後重建期間，不少黑人相信他們可以分得奴隸主的土地，成為自耕農，當時的口號是「四十畝與一頭驢」。此承諾後來未實現，改以黑人應有薪勞動，土地還是在白人間重分。

給奴隸琴酒，只為了證明奴隸沒法應付自由——他們會在田裡蹣跚跌撞。

道格拉斯沒上當，他拒喝，因此也拒絕了無知——但他也羨慕其他奴隸的無知。派崔克在自己身上看到那種欣羨，他最喜歡的段落是：「只要能擺脫思考，任何東西都好！正是對處境的不斷思索，我才深受折磨。」派崔克說他深有同感。他說人們不喜歡思索痛苦、回首過去並眺望未來的路還有多長。他說他不是道格拉斯那樣的好人，但人如果想要得到自由就得思考。因此儘管這書讓他恐慌，他超越我的進度，在沒有燈光的水泥臺階上獨自啃完。派崔克說他不是道格拉斯這種英雄。我真盼望他知道我在他身上看到了道格拉斯。

在我教導派崔克的七個月間，他寫滿一本又一本的筆記——給襁褓女兒的書信，美麗又複雜。沒多久，我的角色與其說是老師，不如說是圖書館員，帶各式書籍讓他選讀喜愛的。他成為一位作者、讀者、夢想家、父親。

故事至此，你會期待救贖。如同杜斯妥也夫斯基在《死屋手記》（*House of the Dead*）所述：西伯利亞監獄裡，貴族彼得羅維奇教導年輕韃靼人阿里讀寫。阿里獲釋那天，抱著彼得羅維奇啜泣說：「上帝保佑您；我永遠不會忘記您，永遠！」讀到那裡，你覺得兄弟情誼可能萌放，但是杜斯妥也夫斯基並未以此結尾，他的結尾是：他現在在哪裡？我的善良、好心、親愛的阿里在哪裡？

派崔克在哪裡？我想最近他很少想起文學。他已經出獄，獲釋後的日子萬般折磨。他在世間最親近的朋友就是母親，在他出獄後幾個月後，因糖尿病與心臟病過世，年僅四十三。他申請過數百個工作，都因犯罪紀錄被拒。在他騎腳踏車前往短期打工的建築工地途中，被車撞了，肇事車輛逃逸，醫院把緊急醫護帳單轉往催繳中心，緊緊綁住派崔克。入獄後，他積欠的贍養費累積如山。阿肯色州政府終止他的食物補助券那天，他寫電郵給我：「我的冰箱空空如也。」他成為街頭遊民，三餐不繼。無數次被毆被搶。絕望之下，他轉求毒品協助。這一切的一切，除了千瘡百孔的社福系統與殘酷的醫療體系外，我覺得派崔克多少認為自己罪有應得。他告訴我，他有時會跟被害者的母親夜裡聊天。我幫他在密西西比一個小鎮找到工作，他卻畏懼碰上被害者的親人。他覺得他犯下的錯覆水難收，無法修補。一個自覺不配茁壯的人不會有發展。

沃德清晰勾勒這種內在感受：我們想奔離在我們身後追趕著說**你們一文不值**的東西。我們試圖漠視它，有時卻發現自己重複歷史，被洗腦，喃喃說著**我一文不值**。

派崔克有時會消失數個月，我完全不知他的下落。我們會固定通電郵。我變得易於恐慌。打電話給地方監獄與醫院，看看他們是否容置這個名字的人。沒有。我又開始擔心他是否已橫屍某處溝渠。

我討厭某些小說裡的自憐自艾，那是一種簡化，但是這種自憐自艾加上派崔克日復一日的困頓處境，真的令人無法直視。我的《陪你讀下去》企圖記錄派崔克的智性潛能以及他渴望追求知識帶來的解放。但是，說到底，派崔克的出身是否就註定了他的命運？說到底，我的種種怨言是否誠如作家約翰・埃德加・懷德曼所言——為打翻的牛奶哭泣？懷德曼書寫他在獄中的弟弟：「這故事隱含的震懾性與理所當然的他者性，在在挑戰我，它的抵抗性與沉重讓我不斷質疑我用以表述他者性的所有觀點。」[4]

我的書企圖抵消這種虛無，證明一己內心的神聖性。派崔克的筆記、他默背於心的詩、寫給女兒的美麗書信、在後院與妹妹玩耍時的燦爛面容……這一切一切全未記述於官方紀錄。看警方的報告，你只看見一個被稱為「罪犯」的人。派崔克被捕後幾星期跟說我：「或許人們看到我，認為我很恐怖。跟罪犯一樣。」

⁂

在《我們收割的男人》書末，沃德決定從紐約返回密西西比。她大可待在紐約，她大可去任何地方。選擇任何地方工作、生活。她在史丹佛大學的同學早被頂尖顧問公司、投資銀行網羅。「儘管如此，我還是返回孕育我又同時扼殺我的家鄉。」

決定選擇被一個地方扼殺；選擇生活在一個殺死你的地方。這是此書結尾的謎團與弔詭。這是一個有思想的女人的深思熟慮選擇。

這個選擇來自一個審問「家為何物」的人。家是陷阱抑或繆斯，庇護或自殺，殘害或撫慰？做出這個選擇的藝術家熟悉她家鄉的美麗地景、海岸線、日出。這選擇也關乎孝道；高中時，她向母親表示離家的願望，被告知：「妳不能走，妳得照顧弟妹。」沃德寫：「當她這麼說，我感覺整個南方的重量壓向肩頭……我哪知這將會是我的人生：渴望離開南方，也一次又一次離開，卻永遠被濃烈到窒息的愛召喚回家。」

所以她決定：要在一個殺死她所愛孩子的地方定根生活，養育小孩。我說「孩童」，因為她書裡描寫的生命中五個早逝男人不過是孩子。

今日，《我們收割的男人》成為美國與世界各國的讀物，更重要的，成為沃德

4　黑人作家懷德曼（John Edgar Wideman）在回憶錄《兄弟與守護者》（*Brothers and Keepers*）中描寫他與弟弟羅勃迥然不同的命運。他是大學教師。羅勃是搶劫犯、毒品犯、殺人犯，終生不得假釋。在這本回憶錄裡，他試圖探索命運何以致此，曾獲得美國國家圖書獎提名。

成長小鎮的高中教材。我很嫉妒老師們擁有這項資源；我當年沒有。學生需要這本書的證詞、輓歌、宣言與詩情。我可以把書放到他們手中，告訴他們「讀」。然後我會聆聽他們的回饋，他們喜歡與不喜歡哪些部分，

我最羨慕的莫過沃德決心「正視」一切。我們想奔離在我們身後追趕著說**你們一文不值**的東西。我能想像沃德在奔跑中止步，回首檢視何物在追逐她、追逐她所愛的人、追逐她生命逝去的那些男人。那東西就是懷德曼筆下的「理所當然的他者性」，那東西也明白宣告自己是無法被表述的魔鬼。她止步，她直視。她不逃。

（何穎怡譯）

本文作者曾在臺大法律學院擔任客座教授，目前任教於政大創新國際學院。著有《陪你讀下去》。

推薦跋

傷痕累累的我們，鑾骨猶存

文—房慧真

來自美國南方貧窮家庭的黑人女孩，該如何翻轉階級？故事的走向必定要有些童話元素，「美國夢」的起點，需要有位長腿叔叔，資助她讀昂貴的私立學校。二〇一一、二〇一八年兩屆美國國家圖書獎得主、二〇一七年麥克阿瑟天才獎、二〇一八年時代百大影響人物潔思敏．沃德，她的機遇之歌來自母親的幫傭生涯。母親生在單親家庭身為長女幫忙拉拔眾弟妹，成年後結婚又離婚，獨自撫養四個小孩，在富人區幫傭，跪地洗刷，終年辛勤勞動。有一天白人律師雇主好心提議要幫忙支付學費，讓女傭的孩子轉學到雇主孩子就讀的私校。好幾年，全校只有唯一一個黑人學生，種族歧視的話語毫無顧忌當面說出，孤立無援，學校裡的其他少數族群，例如華人女孩，也選擇站在黑人的對立面，好彰顯「我們」和你不一樣。潔思敏升上高年級，好不容易有一位黑人男孩，出生良好家庭，馬球衫，卡其短褲，帆船鞋，「看起來就像他們的複製品。」潔思敏身上的衣服，是母親去打掃時，領回富人家淘汰的一大袋衣物，看似是好心的「餽贈」，實則讓女孩的頭垂得更低了，害怕在學校裡衣服的主人會認出她來。潔思敏在青春期就有嚴重偏頭痛，十六歲時第一次喝酒，她不知道酒精在日後會讓她喝到斷片成癮。

六年後，潔思敏．沃德沒有辜負母親磨損的關節，順利進入常春藤名校，在史丹佛大學拿到英文學士、傳播碩士兩個學位。在外地讀書時她患了思鄉症，二〇〇〇年畢業後她「衣錦還鄉」回到密西西比，卻發現在南方找不到工作，連鎖書店也不要她，她已經積欠五千美元的卡債，債臺高築。母親依然終日勞苦，潔思敏是長女，小妹還小，大妹十三歲就懷孕生子，弟弟約書亞是家中唯一的男孩，黑人男孩和女孩不同，各有各的宿命，女孩從稚齡小媽媽變成男人消失獨扛家庭的單親媽媽，男孩走上輟學命運，槍枝、毒品、牢獄如影隨形，緊緊跟隨無法擺脫的，還有橫死早夭。

「死亡蔓延，像真菌蠶食我們社群的根基。」在《我們收割的男人》，潔思敏．沃德講述五個黑人男性的死亡故事，時間從近（二〇〇四年）而遠（二〇〇〇年），關係由遠（表親、好友）而近（弟弟約書亞）。死去的男人介於二十到三十歲之間的壯年，死因有吸毒導致的心臟病發、出庭作證前被槍殺、吞槍自殺，還有開車被火車撞死——最後一項看似非種族成因，實則位處鄉村黑人區，鐵道的閃燈與警鈴長年故障失靈，幾年後，又一位黑人女孩在穿越平交道時被撞死。死亡不只橫亙潔思敏這個世代，還可往上追溯，「我的家族史四處可見男性的屍體。」一九六九年潔思敏．沃德還未出生，她的父親十三歲，母親十一歲，卡蜜兒颶風摧毀一切，密西西比河口成了積水墳場，倖存者被迫拔根遷徙。歷史總是往復重來，二〇〇五年卡崔娜颶風再次襲擊墨西哥灣區沿岸，造成一千八百多人死亡，上百萬人流離失所，潔思敏．沃德的小說《蠻骨猶存》即以此天災為背景。

在密西西比，除了天災，遠方的戰爭也會為本地帶來亡靈，潔思敏父母所成長的六、七〇年代，戰死越戰沙場有絕大多數是密西西比貧窮的南方人，潔思敏的弟弟本來也想以從軍為出路，在看了電影《金甲部隊》後才作罷。即使順利退伍，越戰所產生的PTSD也很容易讓人沾染毒品。八〇年代雷根上臺後所帶來的新自由主義，讓南方的經濟產生劇變，工廠紛紛關門外移，潔思敏的父輩仍是能受雇於工廠的一代，等到了弟弟約書亞這一輩，只剩下毫無出路的服務業，人類學家大衛格雷伯所說的「狗屎工作」（Bullshit Jobs），便利商店店員、清潔工、賭場泊車小弟、加油站、速食店……在找到這類易於被取代且低薪派遣的「狗屎工作」之前的失業時期，「他們販毒……這就像走進暴風大浪：徒勞無功的周而復始。」二〇〇〇年潔思敏從史丹佛畢業回到家鄉，發覺弟弟正在販毒，她無法多苛責什麼，「轉換工作期間，他偶爾販賣快克給鄰里幾個上癮者。這是權宜之計，也是黑人社群年輕男子必備之道。因為整個經濟體系陷入泥淖，勞力工作雖唾手可得也完全能被取代或砍除，年輕黑人男子在生命裡某個階段多少得靠販毒。」

販毒者與吸毒者互相依存，八〇年代末尾開始流行的快克，更廉價也更容易上癮，嗨得快，效果茫，可以讓人徹底忘掉「現狀」。現狀是此地充斥著毫無成就感，像免洗筷一樣被資本家用完就丟的狗屎工作。是大量父親失蹤的單親家庭，「我的社群裡，男人拋妻棄子幾乎變成一種體系，源自特屬我們的貧窮。」是隨隨便便就關進監獄，黑人男孩因為好玩把鞭炮丟到信箱，被警察以損毀郵件的聯邦重罪關進少年監獄，「那年頭的南方就是這樣處理黑人小孩的惡作劇」。黑人若不是死於槍殺毒品，要不然就是和監獄綁定。一九七一年，美國發生阿蒂卡監獄屠殺事件，囚犯七成以上為黑人，大多因吸毒入獄，在獄中遭受非人對待，進而群起抗議，要求合理的食物與清潔需求，結果被州長下令鎮壓，造成三十九人死亡，上百人重傷。來到二〇二〇年，美國第一位黑人總統歐巴馬卸任不久，仍然發生了黑人佛洛伊德遭警察壓頸致死的悲劇。潔思敏．沃德說：「現時我族的人命就是：一文不值。」

露思．貝哈《傷心人類學》所說的「易受傷的觀察者」，可以用來形容潔思敏．沃德這本非虛構寫作，與五位死者相互穿插的是「我們」，我們誕生、傷痕累累的我們、我們在看、我們在學習、我們在這裡。從一九七七潔思敏出生這年開始的成長史，她將自己納入「我們」這個集體，「我」的確抵達了美國夢，拿獎無數，並成為大學教授，然而我並不像個客觀冷靜的知識分子旁觀弟弟的痛苦，我和未來的亡靈們一起上夜店抽大麻雪茄，喝到爛醉如泥，「喝酒是為了遺忘」、「二〇〇四年時，我不懂，也沒看出多年來酒精其實就是我的毒品。沒把飲酒後的鬆弛感與用藥聯想在一起。」我在我的左手腕刺上弟弟約書亞的名字，這樣一來每次我想劃開手腕時，會想到不要割開弟弟而停下來。傷痕累累的「我們」，我寧願和其待在一起，而非躍升在階級、文化智識上理應成為我們的大學同學。弟弟死去那一年，潔思敏到紐約找工作時，借住有錢白人朋友家，睡在古董沙發上，「為表感謝，我像個女傭清掃她們的房子。」那既是我，也疊合母親的勞動身影。

大師名作坊206

我們收割的男人

作　者—潔思敏．沃德
譯　者—何穎怡
編　輯—張瑋庭
美術設計—吳佳璘
內頁排版—宸遠彩藝
總編輯—嘉世強
董事長—趙政岷
出版者—時報文化出版企業股份有限公司
108019台北市和平西路三段二四〇號三樓
發行專線—（〇二）二三〇六—六八四二
讀者服務專線—〇八〇〇—二三一—七〇五
（〇二）二三〇四—七一〇三
讀者服務傳真—（〇二）二三〇四—六八五八
郵撥—一九三四四七二四時報文化出版公司
信箱—（一〇八九九）臺北華江橋郵局第九九信箱
時報悅讀網—http://www.readingtimes.com.tw
電子郵件信箱—liter@readingtimes.com.tw
法律顧問—理律法律事務所　陳長文律師、李念祖律師
印刷—家佑印刷有限公司
初版一刷—二〇二四年六月二十一日
初版二刷—二〇二四年八月五日
定價—新台幣四五〇元

時報文化出版公司成立於一九七五年，
並於一九九九年股票上櫃公開發行，於二〇〇八年脫離中時集團非屬旺中，
以「尊重智慧與創意的文化事業」為信念。

我們收割的男人/潔思敏．沃德(Jesmyn Ward)著；何穎怡譯. – 初版.
– 臺北市：時報文化, 2024.6
面；公分. –(大師名作坊;206)
譯自：Men We Reaped

ISBN 978-626-396-1821（平裝）

1. 沃德（Ward, Jesmyn） 2. 回憶錄 3. 美國

785.28　　113005034

ISBN 978-626-396-1821